당신은

행복할 수밖에

없는 사람

※

마음에 햇빛이 오래 들지 않으면 삐뚤어지기 쉽습니다. 자꾸만 부정적인 생각으로 빠지고 의지는 연약할 대로 연약해져서 다시 바로 세우기 버겁습니다. 행복이라는 단어는 다른 세상에서나 존재하는 듯 느껴집니다. 미래의 행복은 요원하고 지금 누릴 수 있는 감사한 일들도 흐릿하게 보입니다. 불행이라는 안개는 언젠가 걷힐 수 있을까요?

'나는 행복할 수밖에 없는 사람'

행복과 거리가 먼 일상들이 몇 년간 이어지던 날, 저 자신에게 해 주던 말입니다. 현실은 어두운 가시밭길이지만 그래도 조금씩 앞으로 발을 내디디고 있으니 언젠가는 볕이 닿는 곳에 도달할 수 있지 않을까 막연히 기대를 걸어 보는 것입니다.

응원이 공허한 울림에 그치지 않고 조금씩 행동으로 옮기다 보니 지금은 제법 행복과 친해졌습니다. "요즘 행복해?"라고 과거에 누가 물었을 때 긍정적인 답이 입에 잘 붙지 않아서 "그냥 그래."라고 하는 일이 많았다면, 지금은 "응, 행복해!"라고 자연스럽게 대답할 수 있을 정도입니다.

이 책에 담길 원고들을 하나하나 채우고 다시 훑어보니 모든 글을 관통하는 한 가지 특징이 있었습니다. 글을 쓰는 시점보다 더 행복하기 위해 다짐하고 다독이며 써 내려간 기록이라는 점입니다. 사뭇 담담한 문체 뒤에는 일일이 열거하기 어려운 당시의 상실감, 슬픔, 고뇌가 숨어 있고 소소한 행복에 감사하면서 무엇에 굴하거나 무너지지 않겠다는 긍정과 희망도 담았습니다. 글들은 크게 세 가지 주제로 나뉩니다.

- 미래의 행복을 위해 노력하기
- 행복을 방해하는 것들을 제거하기
- 현재 누릴 수 있는 행복을 발견하고 감사하기

혹시 지금 이 책을 읽는 시점에 행복과 멀다 느껴진다면, 지금도 행복하지만 더 행복하고 싶다면 제 이야기들이 좋은 친구가 되어 줄 거라고 확신합니다. 당신은 행복과 잘 어울리는 사람이니까요.

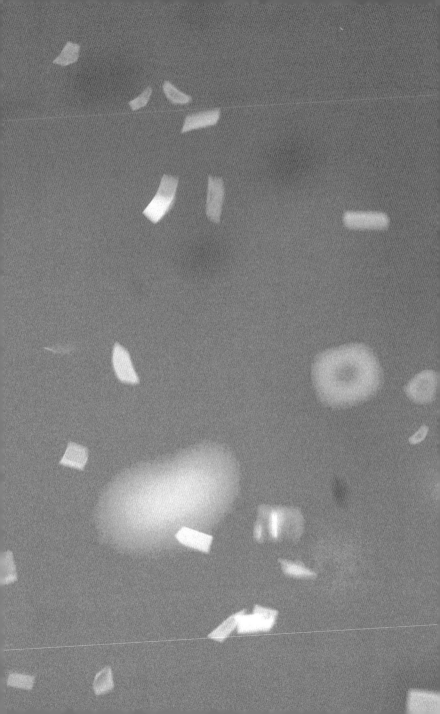

✳

차례

2

아름다운 풍경으로 기억될 오늘

4
어떤 계절이더라도 같이 걸어요

1

내가
피어날 계절을
기다리며

이제 숨지 말아요

여기 웅크리고 있었나요. 멀리 도망가지도 못하고 마치 알아봐 달라는 듯 적당히 찾기 쉬울 만한 곳에서. 누가 당신을 고개 숙이게 했을까요. 그리고 어떤 경험이 스스로 탓하는 걸 익숙하게 했을까요.

당신은 종종 오늘처럼 숨으려 했지만, 자신에게 미안해서 그러한 것은 아니라 했습니다. 당신을 향한 기대에 미치지 못하게 행동했던 게 주변에 실망을 주고 부정적인 영향을 미쳤을 것 같아 그런 날에는 유독 자신이 미워서 견디기 어렵다고 했었죠. 아끼는 이들에게 당신의 애정만큼이나 의미 있는 존재가 되고 싶었을 거예요. 맡은 역할도 능히 해내려고 애썼을 거고요.

사람들이 당신에게 지우는 기대보다 스스로 잘 해내려고 만드는 부담이 더 크다는 걸 알고 있나요? 그 마음의 기원은 당신의 성과로써 사랑하는 사람들을 기쁘게 하고 싶었던 거겠죠. 그렇게 남들은 알기 어려운 힘든 싸움을 계속하고 있었을 것입니다.

그러나 사실 진정 당신을 아끼는 사람들은 당신이 무엇을 해 주길 기대하기보다 있던 자리 그대로 온전히 존재하는 게 더 중요하답니다. 애초에 당신으로부터 무언갈 얻어서 가까워진 게 아니듯 우리는 짧지 않은 시간 동안 서서히 단단해져 왔으니까요. 그러니 이제는 자책하며 숨거나 도망가지 말고 함께하도록 해요.

제철을 기다리며

꽃마다 피는 계절이 각각 다르듯 사람도 저마다 찬란한 계절이 있다는 말을 좋아합니다. 살다 보면 다양한 시련에 직면하지만, 그 모든 굴곡의 존재 이유를 다 받아들이게 될 만큼 빛나는 시기가 오면 좋겠다는 마음에서 생긴 믿음일 것입니다.

다소 막연한 믿음을 덧씌운 말이더라도 어제와 오늘 내게 선명한 위안을 줍니다. 사람은 식물과 달라서 의지가 담긴 씨앗이나 묘목을 심어 두면 원하는 만큼 자라지 않을 수는 있지만, 또 마냥 쉽게 시들어 죽지는 않습니다. 내 노력과 마음가짐에 따라 스스로 대견하다고 여길 만한 모습에 다다를 수 있을 것입니다.

나의 제철이 다가오기를 기다리는 동안 스스로 조급하고 초조해지는 건 다른 이들의 줄기와 가지가 더 두꺼워지고 꽃을 피우고서 열매 맺는 과정을 보며 뒤처진다 느끼기 때문입니다. 그런 조바심이 오늘의 내 현실과 그동안 쌓아 온 것들을 자꾸 의심하게 만듭니다.

그럴수록 자신의 강인함을 믿어야 합니다. 내가 살아가는 최소한의 목표는 타인과 경쟁하기 위함이 아니라 남은 생을 경제적, 사회적으로 지탱할 만한 힘을 기르기 위함이라고요. 그 과정에서 경쟁은 자꾸 개입하겠지만 비교와 질투 그리고 시기가 살아가는 원동력과 같은 감정이 되어서는 안 된다고 자주 나를 타일러야 할 것입니다.

욕심이 크지 않고 긍정적인 나는 다소 느린 삶의 속도에도 불구하고 여분의 삶을 잘 일궈 가는 일에 자신이 있습니다. 높은 곳에 올라서도 더 높은 곳만 바라보며 불행하기보다 오늘 내 눈높이에 있는 것들을 여유롭게 누리려 합니다. 그리고 치열함 끝에 찾아오는 성과에는 겸손하고 사랑하는 사람들에게 덕德을 돌리며 지내고 싶습니다. 그러다 보면 내 계절은 내가 그려 오던 기간보다 더 오래 곁에 머물 수도 있지 않을까요.

부지런히 그리고 나태하게

행복이란 건 막상 별거 없습니다. 쉬는 날에는 알람을 맞추지 않고서 눈 떠질 때까지 푹 자고, 몸을 일으키고 싶을 때까지 뒹굴거리는 게으름을 맘껏 누리기를 바랍니다. 일상의 긴장으로 피로가 단단히 쌓였다면 조금 늘어진 자세로 함께 앉아 있어도 마냥 편한 사람과 시간을 보내는 건 어떨까요.

그리고 좋아하는 일이나 취미 활동 한 가지는 아무리 바쁘더라도 절대 놓지 않는 걸 추천합니다. 바쁨에 나를 다 내놓고 지내다 보면 이렇게까지 살아야 할까 싶은 마음이 더 이르게 들거든요. 조만간 먹고 싶은 음식, 꼭 가고 싶은 곳을 하나 정해 두고 반드시 실천하는 것도 좋겠습니다.

쉽게 접할 수 있는 행복의 기회도 움직여 잡지 않으면 결코 내 것이 되지 않을 테니 소소한 행복을 수집하며 살기를. 사랑하는 것들을 더욱 사랑하며 지내세요.

행복을 믿나요

좋은 일들과 좋은 인연은
그걸 받아들일 준비가 되어 있는 사람에게 안기더라.

매사에 부정적이고 언젠가 찾아올 행복에 신뢰가 없다면
겨우 가까워진 기회도 알아보지 못하고 지나칠 테니.

좋은 생각을 해 보면 어떨까, 어이없는 상상이라도 괜찮겠
지. 너라는 사람도 충분히 행복할 수 있는 존재라는 걸 잊지
말길.

소유가 명확하지 않은 듯 주변을 유유히 떠다니는 행복,
그것들이 사실 네가 누릴 기쁨이야.

당신의 인생을 당신만의 페이스로

조금만 쉬었다 가세요. 지금 상태로는 무얼 해도 멀리 가지 못할 거란 걸 잘 알잖아요.

바쁘게 사느라 길게 쉬어 보지도 못했는데 좀 쉬면 어때요. 혹시 불안하다면 그동안 성실하고 곱게 일궈 온 지난 시간들과 성과를 되돌아봐요. 쉬었다가 돌아와도 그것들은 제자리에 있으니까요.

반복된 연애와 이별로 혼자 있는 게 괜히 어색하고 그 상태가 불완전한 모습처럼 느껴지겠지만 그럴 때일수록 더 쉬어 가도록 해요. 지금의 연약한 마음으로는 좋은 사람이 나타나도 건강한 애정을 주고받을 수 없어요.

기존의 인간관계 때문에 힘들었다면 굳이 새로운 사람을 찾지 말고 복잡한 관계들로부터 벗어나는 건 어떨까요. 조금만 거리를 둬도 저절로 해소되거나 정리가 되는 사람들도 있어요.

당신이 걷는지 뛰는지 지켜보는 사람들의 시선을 의식하지 말아요. 어떤 구간에서는 빠르게 뛰고 어떤 구간에서는 템포를 늦추어야 하는지 당신이 가장 잘 알고 있어요.

당신만의 페이스로 당신의 인생을 살아가요.

내가 내 수고를 알면 그걸로 됐다

많이 힘들었다고 어렵게 털어놓으면

열에 셋은 자기도 힘들다고 말하고

다른 셋은 자기가 더 힘들었다고 내 시련을 깎아내리며

또 다른 둘은 크게 관심이 없고

나머지 둘은 고생했다면서 순수한 위로를 건넨다.

타인에게 힘든 마음을 나누어서

위로로 돌아오는 확률은 크지 않다는 것.

그래, 내가 내 수고를 제대로 알면 그걸로 됐다.

많이 힘들었을 텐데 고생했다고,

늘 부족해 보이겠지만 잘하고 있다고.

힘들다. 외롭다. 아프다. 속상하다.

막상 꺼내서 표현하기에는

적지 않은 용기가 필요한 말들.

애써 속으로 눌러 담으면서

괜찮다고, 나아질 거라고, 다 잘될 거라고

혼잣말로 토닥이며 요즘을 이겨 내고 있었다면

얕지 않은 응원을 전하고 싶습니다.

너 마음 가는 대로 하자

지인이 내게 고민을 털어놓을 때면 나는 마음 가는 대로 해 보라고 답한다. 대체로 고민을 털어놓는 사람은 자신이 어떻게 행동해야 하는지, 어느 선택지에 마음이 더 끌리는지 인지하고 있으며 그 선택을 응원받고 싶어 어렵게 말을 꺼낸다는 걸 알고 있어서일까. 더군다나 상대가 이미 답을 내린 일에 내가 막아선다 해도 기어코 자신의 진심이 향하는 대로 행동한다는 것 역시 여러 경험으로 알고 있다.

사람의 선택은 그 사람을 닮기 마련이다. 그래서 어떤 선택지가 끌린다면 그쪽을 선택하는 일이 가장 자신다워지는 것이라 믿는다. 나는 내 사람들이 막연히 나랑 같아지길 바라기보다 자신다움을 잘 간직하길 바란다. 아마도 그 모습을 좋아해서 내가 가까워졌을 테니까.

마침표를 찍지 않았다면
아직 늦지 않았다고

미련이 생길까 봐 자꾸 마음이 가는 일에는

다시 도전해도 괜찮습니다.

그래서 잘되면 좋은 거고

원치 않은 결과가 나온다면 그동안 마음고생 했다고

자신을 토닥이며 털어 버리면 되겠죠.

우리는 다가올 후회보다 아직 젊고

내가 마침표를 찍기 전까지는

뭐든 늦지 않았으니까요.

가야 할 길을 잘 알고 있다면

가야 할 길을 아는 사람은 삶의 태도가 명쾌하고 단순합니다. 무엇을 챙기고 내려놓아야 할지 잘 알고 있어서 신경 써야 할 목록에 많은 걸 두지 않습니다. 그래서 일상과 생각이 간결하고 효율적입니다.

가야 할 길을 아는 사람은 사사로운 인연에 얽매이지 않습니다. 얕고 넓은 인간관계를 유지하기 위한 마음의 낭비, 멀어진 사람에게 매달리는 감정의 부질없음을 잘 압니다. 멈추지 않고 꿋꿋이 자기 리듬으로 걸어갈 뿐입니다.

가야 할 길을 아는 사람은 질투하고 비교하지 않습니다. 자신이 누리고 싶은 미래는 남들보다 우위에 서는 게 아닌, 오직 자신과의 다툼에서 승리했을 때 영위할 수 있어서 자존감을 깎는 쓸데없는 경쟁을 피합니다.

가야 할 길을 제대로 아는 사람은 기어이 가고자 하는 지점에 도달하고야 맙니다. 오랫동안 수차례 자신에게 묻고 답해 온 단단한 길이라 타인이 얕은 우려로 흔들어 보려고 해도 잠시 닥치다 지나는 바람으로 느낍니다.

고민될 때는 마음이 이끄는 대로

사랑을 더 잡아야 할지 놓아야 할지, 꿈을 계속 좇아야 할지 이제 다른 길을 찾아야 할지 고민될 때는 당신 마음이 이끄는 대로 가면 됩니다.

내 끌림과 다른 방향으로 가야 한다는 주변의 조언을 따라갔다가 시간이 지나고 후회해 봤자 과거 조언해 준 사람들이 시간을 되돌려 주거나 함께 책임져 주는 것은 아니었습니다. 귀가 얇아서 타인의 주장에 흔들려 결정한 자신을 탓해야죠. 그렇게 크게 후회하고 다시 원점으로 돌아오는 과오를 겪는 것보다 조금 늦더라도 온전히 자신의 결정으로 마침표를 찍고 다른 길로 가는 것이 가장 빠른 방법일 수도 있습니다.

마음이 펼쳐 놓은 길을 꾸준히 걸으면 언젠가는 아무 미련도 남지 않게 되는 시점이 있어요. 이만하면 내가 할 수 있는 만큼 다 해 봤다는 그런 시점 말이죠. 그때는 정말 깨끗하게 돌아설 수 있습니다.

잠시 갓길에 정차한 당신에게 [1]

안녕하세요, H님. 여러 이유로 마음은 이미 현재 직장을 떠난 지 오래인데 자신 있게 나가기에는 불안함이 없지 않아 망설이고 있다고 들었습니다. 퇴사나 이직이라는 게 인생에서 큰 전환점이 될 수도 있고, 제가 모든 사정을 다 알 수는 없어서 말하기 조심스럽기도 하지만 제 의견을 물으시기에 몇 자 적어 봅니다.

우선 이 기회에 자신의 무한한 가능성에 대해 생각해 봤으면 좋겠습니다. 오랜 시간 현재 직장에 몸담아 오고 그 안에서 키워 온 책임감과 소명 의식으로 성실하게 지내셨지만, H님이 가진 다른 가능성도 분명 무궁무진할 거예요. 아직 낯선 길을 많이 걷지 않아서 발현을 못 한 것이지 다른 능력 자체가 없는 건 아닐 테니까요. 분명 눈과 마음이 끌리는 곳이 있을 테고 그것들이 선명하게 보이는 날에는 용기 있게 문을 두드려 보는 건 어떨까요.

그리고 지금 길이 평생직장이 아니라면 지금이 아니어도 분명 한 번쯤은 다른 길을 고민해야 하는 시기가 올 거예요. 그 시기에 H님은 젊은 나이일 수도 있고 4, 50대일 수도 있겠네요. 다만 보다 젊을 때는 더 다양한 가능성이 있고 변화에 대한 적응도 빠를 거라서 언젠가 맞이할 시련이라면 지금 찾아온 게 오히려 빠르게 수습하고 치고 나아갈 기회일 수도 있다고 말하고 싶습니다.

더불어 퇴직을 하고 전혀 다른 배경에서 지내게 되면 그동안 쌓아 온 게 의미 없고 다 사라져 버린 듯한 기분을 느낄 수도 있겠지만, 그간 경험으로 얻은 것들은 의미 없이 사라지지는 않더라고요. H님의 업무상 경험, 연애나 인간관계에서 얻은 교훈과 반성들 역시 그 일과 인연들이 사라져도 거름으로 남아서 미래에 도움이 되었잖아요. 눈에 보이는 것들은 아니라서 존재하지 않는다고 생각할 수도 있으나 H님이 다닌 간 겪은 경험들은 앞으로 살아가는 데 분명 도움이 될 것입니다.

마지막으로 자신을 믿었으면 좋겠어요. 제가 과거 긴 시간 동안 노력을 들였음에도 실패를 겪고 가장 힘들었던 건 이후에 한동안 자신을 믿기 어려웠다는 점이에요. 나를 못 믿으니까 모든 선택이 벽처럼 느껴지고 막막했거든요. 그래서 혼자서 나를 일으키기 어려울 때는 주변의 도움을 받기도 했습니다. 자신을 믿기 어려울 때 나를 믿어 주는 좋은 사람들을 생각해 보는 거죠. 그 좋은 사람들이 나를 아껴 주는 건 그만큼 나도 괜찮은 사람이라서 그런 게 아닐까 하고 뻔뻔한 결론을 내리기도 했습니다. 그런 나라면 다시 털고 일어나서 지낼 수 있을 거라고 말이죠. 이 기회에 자신을 토닥여 주면서 믿어 주고 또 시간 나면 자신과 여러 질문을 주고받았으면 합니다.

---

1 지인에게 썼던 편지 내용을 각색했습니다.

당신이 큰 결심을 하면

누군가는 응원할 것이고

다른 누군가는 성공을 의심할 것이며

보이지 않는 곳에서

실패를 바라는 사람도 있을 것입니다.

모두에게 당신의 선택을 설득하지 않아도 좋습니다.

그 선택은 타인에게 인정받기 위한 결정이 아니며

당신은 기어이 결과로서 옳음을 증명할 테니까요.

하루 한 번, 취향 하나

우리 취향은 촛불과 같습니다. 살아야 하고 버텨 내느라 짙은 어둠이 가득한 하루 속에서 내가 좋아하는 것들은 작게나마 빛으로 일상을 밝히고 때로는 내가 어디로 가야 하는지 길을 알려 주기까지 합니다.

나 아닌 것들을 챙기듯 자신을 챙기는 일에도 부지런하길 바랍니다. 우선 내가 무엇으로 행복할 수 있는지를 잘 알고 기억해야 합니다. '여행'과 같이 한 번에 몰아서 누리는 성질의 행복이어도 좋겠지만, 조금씩이라도 자주 누릴 수 있는 성질의 행복이면 더욱 좋겠습니다.

내 선호가 하나라도 반영된 하루는 소박한 행복이 있어서 미소 지을 수 있고, 여러 취향으로 채워진다면 기쁨으로 가득 찬 시간으로 기억에 남습니다. 당장 하루하루를 견뎌 내는 일은 힘들지만, 중간중간에 내가 마련한 확실한 행복이 기다리고

있다면 그렇지 않을 때보다 분명 삶을 계속 이어 갈 힘이 생길

것입니다.

나를 여유롭게, 그리고 행복하게

종일 웃고 떠드는 사람들 속에 있었는데 집에 돌아올 때 행복하지 않은 날이 많았습니다.

가까운 사람을 배려하고 적지 않은 부탁도 들어주며 살았다고 생각했습니다. 그러나 정작 마음은 종종 가난하게 느껴질 때가 많았죠.

그래서 이제 모든 요소에서 나를 먼저 위하기로 했습니다. 바쁘게 지냈다면 과감히 휴식도 주고 가기 싫은 약속이나 모임들은 당당하게 사양하기도 했습니다.

불편하고 무리한 부탁은, 거절했을 때 원망하는 게 더 이상한 사람이라 치부하기로 못 박았습니다. 필요만을 위해 나를 찾는 관계들도 정리하고 감정 소모가 많은 관계도 끊어내고요. 그러다 보면 나를 위해서 무엇을 더 해 줄지 고민하는 자신을 발견하게 됩니다.

여유로워진 가운데 나만큼 소중하다고 생각했던 사람들에게 내 시간과 비용, 마음을 쓴다면 전혀 아깝지 않을 거예요. 타인에게 쓰는 거지만 나를 위해 쓰는 것과 같거든요.

그렇게 행복합시다. 행복하세요.

친구야,

사랑으로부터 남겨지거나 노력했던 게 물거품이 되면

자신의 존재 자체가 의미 없는 것처럼 느껴지기도 할 텐데

너무 낙담하지 않기를 바란다.

다가올 네 행복은 분명 누구보다 더 찬란할 거야.

지금의 우울과 슬픔이 충분하게 이해될 정도로 말이야.

분명하게 예정된 운명을 믿어 보기로 하자.

구겨진 모습도 충분히 아름다워요

남들에게 보여지는 자신의 모습을 너무 빳빳하게 설정하지는 않았나요. 조금은 허술한 모습이 보는 입장에서는 더 친근할 수도 있을 텐데요.

너무 빈틈없어 보이는 사람에게는 다가가기 어렵잖아요. 많은 시간 그런 모습을 유지한다면 늘 보정된 옷을 입은 것처럼 숨이 막히고 힘들지도 몰라요.

조금 구겨지고 굴곡이 있으면 어때요. 구겨진 면들이 만들어 낸 그늘에서 나와 당신 주변 사람들도 쉬어 갈 수 있어요. 스스로 완벽하지 않은 사람이라는 걸 인정하면 내 실수나 시행착오에 대해서도 필요 이상으로 박하지 않을 수 있죠.

자신의 허물이라 여겨지는 부분들을 드러내는 걸 두려워하지 말아요. 숨기려 해도 오랜 시간 함께하다 보면 결국 드

러날 것이고 숨기려 하는 부분이 싫어서 떠날 사람이라면 그

게 아니더라도 언젠가 당신 곁을 떠날 사람이었을 거예요.

일상을 짓누르는 부담에서
꺼내 주는 말

모든 걸 다 잘하려고 조바심 부리지 말자. 어느 하나 특출하지 않아도 행복하게 사는 사람이 세상에 참 많다.

내가 아니어도 세상은 잘 돌아간다. 쓸데없는 자존심과 오지랖, 무모한 사명감은 내려 두고 나에게 더 집중하자.

최선을 기울여도 원하는 걸 얻지 못할 수 있음을 인정하고 자책하지 말자.

잘 받을 줄도 알면 좋겠어

내게 주려 하지만 말고
너도 넙죽 받을 줄도 좀 알면 좋겠다.
항상 내게 주려고만 하면서
내가 마음의 표시를 하면
난처해하며 뭘 더 줘야 하나 찾곤 했잖아.
나는 무언가를 돌려받고 싶었던 게 아니라
그동안 받았던 고마움에 대한 보답을 한 건데
일일이 무언가로 돌려주려 하면
속마음은 알지만 때로는 서운하기도 하더라.
염치없는 사람은 받기만 하면서도 감사할 줄 모르고
심지어 본인이 누릴 권리처럼 생각하기도 하니까.
좋은 사람은 자신이 그동안 얼마나 퍼 줬는지도 모르고
못 준 것만 같아 더 주려고만 하잖아.
주변에서 그런 비슷한 이야기를 들으면

따뜻한 네 생각이 나곤 했어.

앞으로도 곁에서 크고 작은 마음을 줄게.

너는 입 딱 닫고 가만히 받기만 하면 된단다.

지금으로도 충분하다고

내가 나를 자주 구겼습니다. 타인과 나를 비교하며 구겼고, 잘 지내던 사람들과 멀어질 때도 내 탓인 것만 같아 한번 구겼고, 사랑하는 사람에게 더 잘해 주고 싶은데 가진 게 부족하다 느낄 때도 크게 나를 구겼습니다. 그렇게 자신을 작게 구기고 구겨서 보이지 않는 곳에 나를 숨기며 살고 싶던 날이 있었습니다.

사실 남이 나를 몰아세운 것은 아니었습니다. 다들 괜찮다고 할 때도 더 잘하고 싶은 마음에, 지금보다 나은 결과를 내가 만들 수 있지 않았을까 하는 미련이 스스로 꼬깃꼬깃 접고 웅크리게 하였던 것입니다.

이미 애쓰고 있는 나라서 여기서 과하게 바라지 않으려 합니다. 완벽할 수는 없다고, 내가 할 수 있는 만큼 했다면 충분하다고. 매사에 내가 바라는 결과를 얻을 수는 없지만 지금 안에서 잘 지내겠습니다.

" 오래 단단하게 지내는 방법 "

노력하되 억지로 애쓰지 말기

불편한 환경에 나를 오래 노출하지 않기

모든 힘듦을 혼자 짊어지려 하지 말기

큰 목표에 지치지 말고 오늘 할 일에 집중하기

열심히 사는 만큼 열심히 쉬기

타인과 비교하지 말기

나만의 분명한 행복이 있음을 믿어 보기

오늘 행복할 수 있는 일에 집중하고 싶어요

지나간 일의 결과가 부정적이었다면 거기서 교훈을 얻어 앞으로 같은 실수를 반복하지 않으면 되고, 내가 해결할 수 없는 문제는 이미 내 손을 떠났기 때문에 자꾸 떠올리면서 일상을 흔들기보다 긍정적으로 생각하면서 잘되길 바라는 수밖에 없습니다.

그리고 다가오지 않은 미래를 지금 걱정한다고 예방할 수 있는 일은 극히 적습니다. 걱정했던 것 중 실제로 일어나지 않을 일이 대부분이고 오히려 그런 우려 때문에 지금 누리지 않으면 놓칠 수 있는 확실한 행복을 의심하고 눈앞에서 지나치기도 합니다.

당장 오늘 행복할 수 있는 것에 집중하고 싶습니다. 지금 내가 좋아하는 것, 오늘 내가 사랑하는 사람들, 가슴 뛰게 하는 일들 같은 곳에 말이에요.

나 사용법

나 사용법을 잘 알고 싶다. 내가 무엇을 좋아하고 싫어하는지 아는 사람. 극심한 스트레스에서 빨리 헤어 나오는 응급 처치법을 아는, 행복한 순간을 잘 새기는 법을 아는 사람이길 바란다. 사람을 잊어야만 할 때 무엇이 가장 효과적인지 내게 묻는다면 여전히 선뜻 답하기 어렵다. 무언가에 얼마나 내가 달아올라야 후회 없이 달려들어도 괜찮은지, 반대로 어떤 타이밍에 나와 맞지 않는 것들을 끊어 내야 할지 내게 잘 알려 주고 싶다. 부끄럼 없이 자신을 잘 안다고 말할 수 있는 나이길 바란다. 나와 가장 친한 친구인 나로서.

타인의 의견에 흔들리지 않는 삶

친한 지인이 싫어하길래

거리를 둬야 하는 사람인 줄 알았는데

실제로 겪어 보니 나와는 잘 맞았던 적이 있습니다.

남들은 별로라고 추천하지 않던 영화나 음식이

막상 내게는 오래 기억에 남을 만큼 인상적이기도 했습니다.

내 취향과 판단을 타인의 눈과 귀에 의지하면

반짝거리는 것들을 얼마나 많이 놓치게 되는지

깨달은 경험이었습니다.

완벽과는 거리가 있는 나라서 실패도 하겠지만

그것마저 내 선택으로 정하겠습니다.

몸소 경험하며 나는 더 선명하고 단단해질 테니까요.

모든 일은 나 하기 마련

모든 일은 결국 내가 하기에 달렸다는 진리를 체득하면 많은 게 달라진다. 타인에게 내 사정을 하소연하는 일이 줄고 남과 세상 탓을 하며 합리화하는 어리석음도 부끄러워진다. 나 아닌 것에 잠시 의지할 수는 있지만, 그것도 한때일 뿐 부수적인 요소라는 걸 깨닫는 것이다. 그러면 내 역량에 미래가 달려 있다는 답이 나오게 되고 타인에게 쓰는 노력은 자연스레 줄어든다. 더 나은 내가 될수록 사람들을 만나고 관계 맺는 일이 수월해지기도 한다.

요행으로 성공을 바라는 많은 사람이 머지않아 실패하고 금세 다른 성공을 꿈꾸는 경우를 숱하게 본다. 자신은 변하지 않으면서 목적만 잘못 설정했다고 엉뚱한 탓을 하는 것이다. 그런 모습을 바라보며 자기 성찰의 기회가 빨리 닿기를 바라기도 했다.

'내 삶의 주인은 나'라는 문구는 흔하지만, 그 진정한 의미를 알거나 실제 온전한 행동으로 옮기는 사람들은 막상 많지 않은 듯하다. 진실하게 노력하고 자신을 속이지 말자. 타인을 위해 살지 말고 내 삶을 살자. 누군가 내 선택을 계속 좌우하게 마냥 두지 말자. 정해진 운명은 어디에도 없으며 내 미래는 스스로 개척할 수 있다는 사실을 잊지 말자.

제비뽑기

망쳤다 싶고 꽝인 것 같은 날에는

우리 하루하루가 제비뽑기라고 생각해 보면 어떨까.

당첨이 포함된 상자 안의 제비뽑기.

꽝이 늘어날 때는 힘들지만

그만큼 행복이 당첨될 날도

가까워지는 것이라고 말이야.

네가 바라는 그날은 반드시 올 거야.

오늘도 너무 고생 많았어.

계절이 계절로 변할 때

계절이 바뀌는 걸 깨닫게 하는 소리가 각자 있을까. 내게는 '어?'라는 한 음절의 감탄사가 그러하다. 이는 지난 석 달정도를 지배하던 공기의 온도가 달라졌음을 체감하는 소리이다. 잠시 계절이 겹치는 시기에도 정신없이 지내다 보니 다른 온기가 코앞까지 와 있는 줄 모른 채로 피부에 와닿아 새삼 놀랐다.

계절은 홀로 변하지 않고 내게도 변화를 요구한다. 온도에 맞게 옷을 바꿔 입어야 하고 이불 두께도 달라진다. 계절마다 즐기는 메뉴도 변하고 심지어 주로 가는 지역까지도 계절이 영향을 미친다. 예를 들면 겨울에는 제철인 꼬막을 적어도 한 번은 꼭 챙겨 먹어야 하고 가을이 되면 약속이나 한 듯종로와 서촌 일대에 몇 번이고 찾아가 정취를 수집하는 일에 익숙하다.

계절의 변화는 여러 감정도 불러일으키는데 절반 이상은 싱숭생숭함이다. 나를 돌아보며 드는 씁쓸한 감정 같은 것들. 계절도 열심히 달려 나를 지나가는데 정작 나는 멈춰 있는 것만 같아서 새로운 계절을 맞을 때 웃으며 반길 수 없었다. 이번 환절기에는 나를 잠식하려는 무력감에서 벗어나고자 스스로 내 역사의 증인이 되어 나를 변호하기로 마음먹었다.

"너는 지난 계절에 개인 연구로 맘 편하게 자 본 날이 손에 꼽을 정도고 심지어 새벽에 귀가하는 날도 많았잖아. 그렇게 결국 논문도 하나 완성했고 말이야. 그 와중에 지인들에게 큰 하소연도 없이 한결같이 대했고 운동도 이전과 다르게 주기적으로 다녔어. 이 정도면 정말 바람직하고 알차게 보낸 계절이 아닐까?"

자화자찬으로 흘러가는 것 같아 민망함이 크지만, 딱히 틀린 말도 없다. 내 친한 친구가 저런 시간을 보냈다면 분명 나는 똑같이 말을 해 줬을 것이다. 그래, 지난 계절의 나는 참 치열하게 보냈다고. 당장 눈에 보이는 게 크지 않다고 계절의 변화를 허탈해하고만 있으면 안 되는 일이었다. 때로는 내가 나의 성취를 하나하나 언급해 줘야 할 때가 있다. 나를 인정하는 일을 타인에게만 의지해서는 안 된다. 앞으로도 아끼는 친구를 위로하듯 내게도 꼼꼼하게 말해 줘야지. 너는 지난 계절을 헛되이 보내지 않았다고.

낙담하지 말자. 잘하고 있어.

괜찮아, 더 좋은 계절이 오려고 그러나 봐.

고생했어, 할 만큼 했으니까.

2

아름다운
풍경으로
기억될 오늘

있는 그대로 받아들이기

걱정은 행복의 여집합인가? 그렇지 않다. 행복하더라도 걱정은 존재한다. 심지어 행복이 커질수록 늘어나는 걱정도 있었다. 사랑이 부재하는 시간이 늘어날 때의 걱정도 있겠지만 한 사람을 너무 사랑하기 때문에 생기는 걱정도 있기 마련이다. 어쩌면 무언가를 놓치고 싶지 않을 때 생기는 고민은 비어 있는 상태에서 발생하는 것보다 더 치열하고 끈끈할지도 모른다.

과거 책을 내지 않은, 혹은 출간을 상상만 하던 시기에 늘어 가던 걱정이 있었다. 대형 서점에 많은 책 사이로 존재감 없이 사라지는 내 책을 상상도 해 보고 철없이 낸 책에 적힌 내 생각이 뒤늦게 부끄러웠으나 수정할 수 없다는 사실에 이미 고통스러웠다. 하지만 막상 책이 출간되었을 때는 후련함이 더 컸다.

큰일을 겪으면 사람이 보인다. 내 주변 사람의 진심이 보이고 무관심과 냉소가 보인다. 나는 그런 것들을 굳이 바로 잡으려 하지 않고 그 흐름대로 흘러가도록 두는 사람이다. 다 그럴 만한 이유가 있겠거니, 이미 내게서 돌아선 사람이라면 내가 더 어쩔 수는 없겠지 하는 마음. 평소에는 확인할 수 없는 나를 향한 타인의 마음은 내 인생의 굴곡에서 잠시 반짝하고 엿볼 기회가 생긴다. 좋은 일을 겪을 때는 고마운 사람들에게 감사를 전하고 싶을 뿐, 서운한 사람들에게 아쉬움을 토로하고 싶지는 않다.

그대로 바라보면 편한 일이 세상에 참 많다. 사실 그대로 바라보지 못하는 건 내 마음의 문제였다. 있는 모습을 인정하면 된다. 그리고 내 갈 길을 결정하면 되는 일이다.

좋은 노래도 다 끝이 있습니다

이제 어쩔 수 없는 건 어쩔 수 없는 대로 흘러가도록 둬야 합니다. 이미 손 쓸 수 없는 이 세상의 일들, 내게 남을 의지가 없는 존재를 구태여 붙잡아 사람을 원망하고 환경을 탓하는 건 오늘의 처방이 아니었습니다. 그 자리에서는 미래로 나아가지 못하고 여전히 과거에 머무르며 가장 벗어나고 싶은 대상 앞에 한없이 서성이는 자신을 확인할 뿐이었습니다.

좋은 노래도 끝이 있고 매주 이어졌으면 하는 드라마도 결말이 있습니다. 어떤 날에는 의도했던 그림을 다 그리기도 전에 무언가에 내몰려서 붓을 놓아야 하기도 했습니다. 현실을 받아들이고 다음 단계로 가야 할 때는 우유부단을 내려 두고서 복잡하게 얽힌 마음을 수습하고 끝을 인정하는 단호함이 필요합니다.

좋은 사람은 따뜻하게 추억할 이름으로 새기고, 힘든 기억은 평생 안고 갈 교훈으로 남기면서 내가 어쩔 수 없는 것들을 자연스럽게 흘러가도록 하겠습니다.

이만 내게서 잘 가라고, 어서 가라고.

안녕, 안녕.

그냥 넘기고 싶은 부분이
가장 중요한 것인지도 몰라

어렸을 때 중간고사나 기말고사를 준비하다 보면 꼭 공부하기 싫은 범위가 있었다. 이해하기도 암기하기도 어려운 페이지들. '설마 그 많은 페이지 중에 여기서 문제가 나오겠어?'라는 마음으로 그 부분을 건너뛰면 어김없이 시험에 출제되곤 했다. 내가 회피하고 싶었던 건 어렵거나 불편했기 때문이었고 출제자였던 선생님으로서는 그런 까다로운 내용으로 시험의 변별력을 높이고 싶으셨을 것이다.

가끔 특정 범위를 모른 척하며 시험을 준비하던 어린 날이 떠오르곤 한다. 그때 건너뛰기의 파장은 한 번의 시험 결과로 끝날 일이지만, 지금의 나는 바뀌어야 할 부분을 알면서도 설마 또는 혹시나 하는 심정으로 중요한 순간에 눈을 감아 버리기도 했다. 그 파장이 앞으로 삶에서 어디까지 영향을 미칠지도 모르면서 말이다.

특정 습관이나 가치관은 다양한 생활 방식의 기초가 되기도 해서 시작부터 웃자라기 시작하면 목표한 미래가 아닌 전혀 다른 곳에 닿을지도 모른다. 삶이 잘 풀리지 않을 때면 내가 무엇을 자주 모른 척하고 살았는지, 내 생활 습관이나 가치관 중 어떤 것들이 오랫동안 고집과 함께 단단히 굳어 버렸는지 겸허하게 살펴봐야 한다. 그 안에 더 나은 점수를 받을 답이 있을지도 모르니.

시선으로부터의 자유로움

"고생을 안 한 손이네요."

언젠가 맞은편에 앉은 사람이 내 손을 보며 건넨 말이다. 엄마를 닮아 남자치고는 손이 예쁜 편이라 가끔 칭찬을 듣는데 손의 외관으로 내가 겪은 고생의 정도까지 평가받는 일은 부정적인 면에서 신선했다. 그 말의 진의까지는 알기 어렵다. 그 사람 나름의 칭찬이 씁쓸하게 들릴 만한 말로 표현된 건지, 아니면 말 그대로 고생을 안 했다고 생각하는 것인지 나도 더는 물음표를 달지 않고 넘겨 버렸다.

지금은 어렵지 않게 지나치지만, 과거 나는 뭘 그렇게 일일이 해명하고 싶었는지 모르겠다. 나에 대한 부정적인 판단이나 그로 인해 파생한 시선들을 못 본 척 지나치지 못하고 일일이 흔들렸던 날들. 솔직히 억울했다. 나를 잘 알지도 못하면서 왜 저렇게 생각하는지 싶은 거다. 그래서 오해의 씨앗이 더 자라기 전에 하나하나 바로 잡고자 했다. 어쩌면 나는 누구에게도 미움받고 싶지 않은 사람이었나 보다.

내 애처로운 노력이 밑 빠진 독에 물 붓기라는 걸 깨닫는 데 오랜 시간이 걸리지 않았다. 그 이유는 크게 두 가지였는데 많은 사람이 자기 식대로 타인을 판단하고 그대로 단정하길 즐기며, 그건 내가 통제할 수 없는 영역이라는 사실이다. 그럼 내가 지향해야 하는 행동 양식도 하나에 수렴한다. 바로 시선으로부터 최대한 초연한 태도를 보이는 것.

우리는 우리가 아는 모든 사람이 아닌 소수의 좋은 관계를 맺는 것만으로도 살아갈 수 있다. 그것도 겨우 살아가는 게 아니라 거뜬하고도 넘치게 살 수 있다. 몇 안 되는 내 편이 내게 공유한 따스함은 다른 사람들이 나를 어떻게 생각하든 그것들을 상쇄하고도 남았다. 그거면 됐다 싶었다. 나를 나답게 알아봐 주는 사람이 있다는 것, 거기에 마음을 쏟아야 한다.

내가 어떤 이들의 취향에
아주 딱 들어맞는다는 건
반대로 누군가의 끌림과는
가장 멀리 있는 존재일 수도 있음을 되뇌며 산다.
모두에게 좋은 사람은 없으며
평범한 나 역시 거기서 벗어날 수는 없다.

그러니 세상이라는 전시회에서 나라는 작품 앞에
오래 머물지 않을 존재들에게
너무 마음 쓰지 말아야지.
나를 가까이에서 바라보고 멀리서도 바라보며
지긋한 관심으로 머물 줄 아는 사람들과
눈과 온도를 맞추며 살아야지.
관계라는 건 언제까지나 양보다 질이니까.
나도 이미 누군가의 분명한 취향이니까.

쉽게 상처 주지 않기,
상처 주고 쉽게 잊지 않기

타인에게 상처 주고서 자기 합리화로 쉽게 털어 내는 태도를 싫어합니다. 용서를 받았다 하여 상처 줬던 사실까지 망각해서는 안 될 것입니다. 너그럽게 용서해 줬다고 있던 일이 없던 일로 되는 건 아니니까요. 실망스러웠던 나를 기억하며 살겠습니다. 사람을 아프게 하는 일이 이후의 나를 무겁고 불편하게 만든다는 걸 잊지 않을 것입니다.

현명하게 밀어내기

화가 날 만한 일은 오래 마음에 두지 않고 빨리 밀어내려 한다. 정말 깊은 상처가 아니고서야 머지않아 분노는 사그라들고 사실 관계마저 희미해진다. 때로는 '어떻게 내가 그 일을 잊어?'라고 생각할 만큼 바보 같기도 하다. 이런 성향을 알게 된 건 일련의 비슷한 경험 덕이었다.

멀어진 사람이 오랜만에 연락해 안부를 물었다. 상대에게 호의까지는 없더라도 악감정도 딱히 없는 나로서는 대화를 자연스럽게 이어 나갔다. 계속된 대화 중에 상대가 대뜸 예전 자기 잘못을 고백하면서 사과를 함께 내미는데 그제야 정신이 번쩍 들며 아차 싶었다. 내가 그 사람과 멀어지게 된 이유, 멀리했던 일련의 사건과 관련한 기억의 조각들이 하나씩 다시 결합하여 되살아났다.

크게 기분이 나쁘지는 않았다. 속이 검게 탔던 과거 어느 날의 내가 어땠든, 지금은 회복되어 제법 괜찮아졌구나 싶었다. 혹여나 싶어서 사실 관계를 다시 곱씹어 봤지만 새로 불거지는 부정적인 감정은 없었다. 그건 이제 그저 과거의 일일 뿐이다.

내가 선한 사람이라서가 아니다. 미움이라는 건 마음속 썩은 과일과 같아서 모른 척 두면 다른 감정들마저 병들게 한다는 걸 알기 때문이다. 상대방을 위해 용서하거나 아량을 베푸는 게 아니라 나를 위해서 부정적인 감정과 빠르게 멀어지고자 하는 것이다. 남들처럼 크게 화를 표출하고 목소리를 키워 발산하고 싶을 때도 있었지만 막상 시도해 보면 잘 맞지 않아 시원함보다 불편함만 남았다.

유한한 마음속에서 부정적인 기억과 감정은 먼저 밀어내고 대신 밝고 건강한 것들을 채우고 싶다. 과거를 오래 간직하고서 물들지 않을 자신은 없으니 부지런히 비우고 계속해서 오늘과 내일을 위한 자리를 마련해야겠다.

나의 비추는 거울

오늘 내가 주로 연락하고 만나는 사람이
현재의 나를 가장 잘 설명합니다.
앞으로 살아갈 미래의 모습은
오늘 내가 사용하는 화법과 단어를 닮습니다.

아무래도 비슷한 사람끼리 만나서 가까워지고
말투와 단어는 사람의 가치관을 반영하기 때문입니다.

오늘이 심히 불행하다면 변해야 합니다.
가까이 지내는 사람을 바꾸고 말하는 태도가 변해야 하며
그 전에 이들의 근본이 되는 가치관이 변해야 합니다.
고민만 쌓고 의지만 다져서는 아무것도 변하지 않습니다.

성숙은 타인의 삶과 생각을 쉽게 단정하지 않는 태도

성숙은 경험에서 얻은 교훈으로부터의 성장

성숙은 공감하고 경청하는 따뜻함

성숙은 어디에 나를 더 쏟아야 할지 구분할 줄 아는 통찰력

성숙은 사람의 단점보다 장점을 보려 하는 내면의 시야

성숙은 말로만 요란하지 않고 행동으로 보여 주는 진중함

성숙은 사랑이라는 이름으로 사람을 소유하려 하지 않는 여유

성숙은 부정적인 감정을 잘 털고 일어나는 탄성彈性

성숙은 변명이 많지 않고 자신의 행동을 책임질 줄 아는 모습

성숙은 성별이나 경제력, 학력으로 차별하지 않는 공평함

쓸쓸한 고백

상처받고 싶지 않아서 세워 둔 방어적인 태도가 까칠하고 냉정한 면을 만들었습니다. 다툼과 갈등을 싫어해서 혼자 삼키기도 하고 일부러 불편한 상황을 못 본 척 피하기도 합니다. 잔정은 많아도 정이 헤픈 건 아니라서 의미 없는 데에 나를 쓰는 것은 지극히 싫어합니다.

표정이 다양하지 않고 말투도 높낮이 폭이 크지 않으며 담담합니다. 그래서 차분해 보인다는 평을 듣는 동시에 냉담한 사람으로 새겨지기도 했습니다. 자잘한 걸 잘 기억하지만 정작 중요한 부분을 잊기도 합니다.

곁에 좋은 사람을 많이 두고 싶으나 다수를 서운하지 않게 챙길 수 있는 타입이 아니란 걸 경험으로 알아 버려서 관계를 넓히는 게 두렵고 조심스럽습니다. 관계라는 건 욕심만큼 분명 잃는 게 있기 때문입니다. 스스로 모자라다 싶은 점을 발견하고 받아들이는 건 껄끄럽지만 내 부족을 인정하는 걸 더 나은 발전을 위한 출발선으로 여기려 합니다.

말이 점점 줄어드는 이유

말이 많아지면 말실수도 늘어난다. 가볍게 지나칠 수 있는 실수라면 다행이지만 내 말이 상대방의 어느 부위를 어떻게 상처 낼지 모르는 일이다. 한 번의 대화가 인연의 수명을 좌우할 수도 있다는 걸 몇 번의 경험으로 새겼던 나로서는 이전보다 부쩍 말이 줄었다.

상대방이 겪은 일에 내 의견을 말하는 건 조심스럽다. 특히 그 경험이 내가 여태 겪지 못한 일이라면 더욱 그렇다. 아직 경험하지 않은 결혼과 육아가 그렇고, 아직 닿지 않은 나이대와 다른 성별로 살아가는 마음, 접한 바 없던 다양한 시련들도 그러하다.

경험은 경험 이전보다 옳고 그름을 구분할 수 있게 하고 나와 타인에게 이롭고 해로운지의 판단을 돕는다. 총을 사용할 줄 모르는 사람은 안전장치와 방아쇠를 함부로 만져서 사람을 해칠 수도 있는 것처럼.

좋아!

어느 지인은 긍정의 대답을 할 때 "그래."라고 하기보다 "좋아!"라고 답한다. 나는 그 말이 유독 듣기 좋았다. "그래." 혹은 "네."와 같은 대답은 단순히 인정하거나 동의하는 듯한 느낌이라면, "좋아!"는 동의를 넘어서 적극 지지하는 뉘앙스로 다가오기 때문이지 싶다. 그 지인은 비슷한 색깔의 대답으로 어느 곳에서든 밝은 에너지를 전달하고 있을 것이라는 확신이 든다.

같은 수의 음절이더라도 어떤 단어를 상황에 맞게, 또 적절하게 사용하는지에 따라 받아들이는 쪽에서 온도 차이가 크다. 심지어 비슷한 어감의 말이라도 작은 차이가 큰 감흥을 자아내기도 한다. "그래."보다는 "좋아."가 더 기분을 신나게 하는 것처럼, "반갑다."보다는 "보고 싶었다."라는 말이 저릿한 전율이 있는 것처럼, 헤어질 때 "안녕히 가세요." 대신

"좋은 시간이었습니다."라고 한다면 돌아가는 길에 마음 한 구석이 더 따뜻해지는 것처럼.

말을 잘 골라서 쓰는 사람들이 세상을 치유한다고 믿는다. 각박하고 개인주의가 팽배하는 요즘에도 남들보다 몇 번 더 생각을 다듬는 과정을 거쳐 결국 배려의 말을 전하고야 마는 사람들 덕에 나도 마음의 빚을 많이 지고 살았다. 직접 느낀 바가 있다 보니 나도 자연스레 배려하는 말에 익숙한 사람들의 대열에 합류하고 싶어졌다. 조금만 머리를 기울이면 아주 어려운 일은 아니니까.

미움으로 행복할 수는 없을 것입니다

언젠가 누군가를 미워하다가 깨달았습니다. 미움은 내게 어떤 예쁜 꽃도 피울 수 없다는 것을요. 한때는 연금술을 꿈꾸듯 미움을 모아 어떤 좋은 것을 만들 수 있을 거로 생각했습니다. 많은 이가 타인을 미워하고 뒷담화 할 때 평소보다 생기가 오른 듯 느껴지기도 하는데 그것은 부정적인 쾌락의 모습일 뿐, 건강한 의미에서의 행복이라 할 수는 없습니다.

미워하는 일은 비슷한 결의 감정에 중독되게 합니다. 또 다른 미움을 만들고 그 감정이 대부분 해소되어야만 다시 행복을 그릴 수 있었습니다. 그리고 미움이 처음 발생한 과거에 나를 묶어 두어서 건강한 태도로 앞으로 나아가지 못하게 했습니다. 누군가 내게 미움을 살 만한 행동을 했고, 그로 인해 겪은 아픔도 분명하다면 그 미움을 어느 정도 정당화할 수는 있지만, 그 감정에 너무 익숙해지지 않기를. 행복은 오로지 행복할 수 있는 일로만 누릴 수 있는 감정이라는 걸 잊지 말아야겠습니다.

위로에는 평가를 넣지 말아 주세요

어느 유명한 운동 유튜버가 동료 유튜버들과 기간을 정해 두고 몸매를 가꾼 후에 대회로 순위를 정하는 콘텐츠를 제작했다. 참여 유튜버 모두 수만에서 수십만 구독자를 보유하고 있어서 그런지 대회가 임박할수록 영상 조회 수는 물론 댓글 분위기도 응원과 비판, 비난이 아주 뒤섞여 성황이었다. 참여 자들 모두가 타 참가자들의 단련을 보며 자극받아 가진 노력을 아끼지 않았다. 냉정하게도 대회는 다가왔고 예정대로 1등부터 최후 순위까지 등수가 매겨졌다.

대회를 마치고서 남겨진 댓글들은 가관이었다. 긴 시간 애쓰며 끝을 향해 달려와 결승선을 통과한 사람들에게 상당히 많은 이가 쓴소리를 남겼다. 자기 딴에는 아쉬움에 달았다고 할지 모르겠지만 내가 보기에는 악플과 다름없었다. 그 와중에 내 시선이 오래 머물렀던 건 위로를 빙자한 영양가 없는 댓글들이었다.

「수고했지만 하체 근육은 앞으로 개선하면 좋겠다.」

「너무 고생하셨지만, 다음에는 지방 커팅을 더 잘해서 다른 대회에 참가하길 바란다.」

「잘했지만 아쉽다.」

한국말은 끝까지 들어 봐야 한다고, 말의 진심은 뒤에 실리기 마련이다. 논점을 말하기 위해 앞에 연막을 치는 경우도 적지 않고 많은 사람이 자신의 말이 상대에게 어떤 뉘앙스로 와닿을지까진 생각하지 않기도 한다. 앞서 언급한 댓글은 의도가 어떻든 큰 응원으로 와닿지 않았을 것이다.

애쓴 사람에게 우리는 조금 더 담백해질 수는 없을까? 결과를 평가하고 싶은 욕구를 참고서 수고했다, 고생 많았다, 잘했다고 짧고 단정하게 말할 줄 아는 사람이 늘길 바란다. 조건 없는 응원과 격려의 말이 가까운 사람에게 가장 듣고 싶은 것이며 오염되지 않은 온기를 전하는 표현일 테니까.

부끄러운 어른이 되어

나는 부끄러운 어른이 되어 있었다.
의로운 일에 목소리를 내기 주저하고
겨우 내 몸뚱이 하나 지키려 애쓰는 인간.

어린 날에 나는 자라고 자라나서
뭐라도 대단한 존재가 되어 있을 줄 알았는데,
그래서 세상을 변화시켰다는 이름들 틈에
내 이름 몇 자 끼워 넣는 상상도 하곤 했었는데
몇 수 앞을 내다보는 정의로운 시선과 대의는 고사하고
얼마 되지도 않는 소중한 사람들도 챙기지 못한 채
당장 오늘을 살아 내기도 만만치 않다.

때로는 무엇이 더 옳은지 알면서도
다수의 목소리라는 핑계로 그 안에 숨기도 했다.
남들도 다 그렇게 사는 거라며
모순과 게으름을 합리화하기도 했다.

어릴 때 바라보던 어른들은 얼굴에 명암이 짙고

멍하니 허공을 응시하던 모습이 유독 기억에 남는데

오늘 내가 느끼는 씁쓸함과 비슷한 감정을 삼키고 있던 걸까.

좋은 어른이 되고 싶다

잘못을 인정할 줄 알고 사과할 줄 아는 어른

나이만으로 어린 사람을 낮추지 않는 어른

조언을 가장한 강요는 줄이고 경청할 줄 아는 어른

살아온 길이만큼 생각의 깊이를 갖춘 어른

한때 잘나갔다고 자랑하기보다 오늘을 바르게 사는 어른

타인의 삶에서 눈을 돌리고 주로 자신을 성찰하는 어른

비교하지 않고 자격지심 갖지 않는 어른

쉽게 사람을 판단하지 않고 편견을 줄이는 어른

그래서 남들이 닮고 싶다고 생각할 만한 어른

웃음으로 마음을 열 수 있어요

제 안에는 늙지 않는 장난꾸러기가 있습니다. 식을 줄도 모르게 여러 상상을 찍어 냅니다. 다만 조심스러운 성격으로 낯을 가리기도 하고, 처한 상황과 함께 있는 사람을 봐 가면서 더 솔직한 나를 꺼낼지를 조절하는 편입니다.

저는 주변 사람들에게 웃음을 주는 걸 좋아합니다. 대화 중에 순발력으로 재치 있는 언어적 표현을 하기도 하고 표정과 몸으로 망가져 웃음을 자아내기도 하며 과거 경험이나 오랜 시간 수집한 이야기보따리를 재미있게 풀어내기도 합니다.

웃음의 결이 같으면 긴장으로 잠겨 있던 마음의 문이 쉽게 열리게 되고 그 안에서 여러 감정을 꺼내기가 수월합니다. 그러다 보면 단순히 웃는 걸 넘어서서 더 깊은 사이가 됩니다.

돌아보면 깊게 사랑했던 사람과 지금도 친한 이들은 모두 저와 함께 자주, 크게 웃을 수 있었다는 점에서 공통점이 있습니다. 특별한 사이이기도 하지만 서로 앞에서는 멋있는 척하지 않는 가장 평범한 사람으로 존재하기도 합니다. 앞으로도 그들에게 재미있는 사람으로 기억되고 싶습니다. 그만큼 내가 사람들의 마음을 열었다는 증거일 테니까요.

대부분 사람에게 저는

조금 차갑고 어려운 사람이지만

몇 안 되는 사람 앞에서는

한껏 망가진 표정으로 웃기도 하고,

술에 달아올라

노래를 부르며 춤을 추기도 합니다.

내가 어떤 웃긴 표정을 짓고

그동안 말하기 어려운 일들을 겪었든 간에

지금 내 모습을 사랑해 주고

다음 계절에도 그럴 사람들.

여름이 지났으니 어서 만나 함께

가을 춤을 춥시다.

살고 싶은 집, 살고 싶지 않은 집

길을 걸으며 고층 건물을 올려다보고 있었는데 같이 걷던 지인이 미래에 어떤 집에서 살고 싶은지 내게 대뜸 물어 왔다. 집의 어떤 속성을 말하는 걸까. 전후 대화로 유추하자면 아마 아파트인지 단독 주택인지, 도심 속에 있는 집인지 자연 속에 있는 집인지와 같은 질문이었을 것이다. 스무 발자국 정도를 더 걸었지만 적당한 답이 그려지지 않았다. 평소에 자주 했던 생각이라면 빨리 답할 수 있었겠지만, 그때까지는 꼭 이런 집이면 좋겠다는 장소나 구조는 없었다.

사람마다 가치관의 차이는 있겠으나 내가 생각하는 집이라는 개념은 건축 자재로 만들어진 건축물이기 이전에 사람이 사는 공간이라서 어느 지역, 어떤 유형의 집에 사느냐보다 누구와 사는지가 훨씬 중요하다. 그래서 더없이 사랑스러운 강아지 같은 사람, 웃음과 칭찬에 인색하지 않은 사람과 함께하는 공간인 게 훨씬 우선이어야 했다. 사랑이 넘치는 사이는 수시로 가까이 붙어 지내느라 면적이 좁아도 상대적으로 공간이 남고, 마음이 멀어진 사이는 넓은 집에 살아도 각방을 쓰며 더 넓은 공간을 필요로 한다.

'함께'가 줄어든 공간에 채워진 차가운 공기는 온기의 부재에서 생성되는 것이라 외로움을 더할지도 모른다. 그런 공기가 가득하다면 남들에게는 외관상 부러운 집일지라도 정작 거주자에게는 머물고 싶지 않은 공간이 될 것이다. 차갑게 날선 마음도 따뜻하게 데워 줄 집이어야 한다. 나도 그 안에서 벽난로나 온돌이라도 되어야 한다.

그해, 봄

사람은 해를 거듭할수록

나이가 들고 주름이 늘어 갈 뿐이지만,

봄이라는 계절은 나이와 상관없이

우리를 새싹의 마음으로 되돌려서

무엇이라도 해낼 수 있을 것만 같은 설렘을 선사합니다.

그렇게 저도 감히 녹색 새싹으로 다시 태어나

매해 봄마다 그해 어떤 꽃과 열매로 거듭날지

꿈을 꾸는 식물이 되었습니다.

다가오는 봄은 제 역사에서

어떤 그림으로 기억에 남을지 벌써 기대가 샘솟습니다.

이왕이면 분홍빛 벚꽃 같은 시간이길 바랍니다.

공들여 글씨를 쓰는 마음

제 필통에는 여러 가지 펜이 있습니다. 밑줄을 그을 때 쓰는 펜, 질감이 부드러워서 날림으로 편하게 쓰고 싶을 때 사용하는 펜, 좀 더 성숙한 필체가 요구될 때 쓰는 펜. 제게 부족한 귀여움을 글씨로나마 채우고 싶을 때 쓰는 펜이 있고 아끼는 사람에게 편지를 쓸 때 사용하는 펜도 따로 있습니다. 끝이 뭉툭하지 않은 0.5mm 두께의 잉크 볼펜인데 그 펜으로 쓸 때 나오는 글씨체가 가장 마음에 들어서 꽤 오래 썼습니다.

간혹 편지를 적거나 소중한 사람에게 글을 써야 할 때는 언급한 펜 신택은 물론이고 조금이나마 더 예쁜 글씨로 주고 싶어서 작성 전에 주변 정리부터 합니다. 오른쪽 팔꿈치가 글을 쓰며 우측으로 움직일 때 닿을 만한 요소들을 모두 치워 두고, 글이 길어질수록 종이를 점점 위로 올려야 하니까

종이 상단에도 여분의 공간을 남겨야 하죠. 조금 민망하지만, 다리를 넓게 벌리고 단단히 몸을 지지한 후 글을 써야 합니다. 그 상태에서 상체는 또 잔뜩 앞으로 숙이는데 전체적으로 보면 결코 아름다운 자세는 아닙니다.

그렇지만 저는 그런 제 모습이 제법 마음에 듭니다. 무협 영화에서 장풍이라도 쏘듯 온몸의 기와 온 마음을 끌어모아 글을 쓰는 기분이거든요. 너무 집중했는지 다 적고 나면 손이 떨리기도 합니다. 종이에 적힌 글씨 속 잉크 안에 진심이 담기기를 바랐나 봅니다.

공간을 사랑하게 되면

내가 다닌 대학원에서는 학생들에게 연구실을 마련해 주었다. 연구실에는 개인 책상과 컴퓨터, 사물함, 프린터가 구비되어 있고 특히 내 자리는 서향 창가 쪽이라서 아름다운 노을을 바라보기에 좋았다. 지루하게 들릴지 모르겠지만 나는 평일 대부분을 그 공간에서 보냈다.

언제부터였는지는 모르겠으나 내가 입학했을 때는 연구실 청소에 관해 구성원들 간에 정해진 약속이 없었다. 그래서 그런지 바닥에는 길고 짧은 머리카락과 먼지들이 심심치 않게 보였고 곳곳에 관심이 닿지 않은 흔적이 많이 보였다. 이전부터 연구실을 이용해 온 동료들을 나무랄 생각은 없다. 공용 공간을 청소한다는 일 자체가 쉬운 것도 아니고, 연구실에 머무는 시간에 편차가 크다는 사실도 무시할 수 없다. 그리고 누군가에게는 보이는 것들이 다른 누구에게는 쉽게 보이지 않아서 충분히 지낼 만한 공간으로 느껴졌을 수도 있다.

그래서 입학 후 나와 다른 동료 한 명이 주로 청소를 하거나 연구실을 가꾸는 데 신경을 썼다. 날짜를 정해서 돌아가며 분담을 해도 되지만, 나머지 인원들은 원치 않는 눈치였고 나와 다른 동료 한 명도 마음이 내킬 때나 하고 있으니 누구에게도 강요하지 않는 방식이 가장 자연스러우며 모두에게 좋은 방법이 아닐까 싶었다. 하루는 대걸레로 바닥을 닦다가 시키지도 않은 청소를 하는 이유에 대해 답을 찾고 싶었다. 남들이 알아주길 바라는 심보도 아니고 설명하기 어려운 책임감은 더욱 아니었다. 그저 내가 머무는 연구실을 많이 사랑하기 때문이었다.

낯선 장소더라도 내가 오래 머무를 곳이라고 받아들이게 되면 쉽게 사랑에 빠졌다. 그리고 그 애정을 청소라는 방식으로 표현하곤 했다. 연구실뿐 아니라 내 방이나 학창 시절 교실, 대학 동아리방, 군대 생활관에도 비슷한 애정을 내비쳤다. 청소뿐만 아니라 어떻게 하면 더 나은 공간이 될 수 있을지 구석구석을 관찰하고 기억하며 가구 배치나 소소한 인테

리어를 고민하는 태도가 습관이 되었다. 큰 변화를 일으키지는 못하지만 내 손길로 사랑하는 공간이 조금이나마 나아지는 모습을 보면 그것만 한 뿌듯함이 없다. 이제는 예전만큼 연구실에 자주 가지는 못하지만 공간을 공유하는 동료들이 불편하지 않을 범위에서 잔잔한 애정을 계속해서 표현하고 싶다.

애정을 담은 눈빛으로 오래 더 오래 [2]

젊었을 때는 일흔 살까지만 살면 괜찮지 않을까 싶었어. 그 때도 이미 삶은 재미가 없었고 또 세상을 사는 게 매 순간 경쟁이고 치열하잖아? 아주 지독하지, 지독해. 그게 나이 먹은 늙은 사람한테도 예외는 아닐 거고….

여든, 아흔이 된 나를 상상해 보니까 몸도 다 늙어서 마음 대로 움직이지도 못하고 무료하게 보내는 모습이 그려지는 거야. 그건 능동적으로 삶을 사는 게 아니라 그냥 흐르는 시간 속에서 숨만 붙어 있는 거잖아. 상상만으로도 딱 싫은 거지.

그런데 신기한 게 결혼을 하고 자식이 생기고, 손주도 보고 하니까 더 살아 보고 싶은 마음이 생기는 거야. 사랑하는 배우자랑 같이 늙어 가는 건 어떤 느낌일지, 사랑스러운 자식과 손자들은 자라서 어떤 사람이 될까 싶고 나를 필요로 할 때는 뭐라도 힘닿는 만큼 채워 주고 싶고 말이야. 나한테

뭘 해 주길 바라는 게 아니라 그냥 세월이 흐르면서 변하는 그 순간순간을 두 눈에 담고 조금이라도 함께하고 싶어졌어.

어떤 걸 사랑하고 아낀다는 게 맹탕인 삶에 의미를 심어 주는 게 아닌가 싶어. 예를 들면 말이야, 흐리멍덩하게 눈을 뜨고 있는 거랑 분명히 시선이 가는 게 있어서 그걸 바라보는 눈빛은 완전히 다르잖아. 사랑한다는 건 그 대상에 시선과 마음이 가는 거고, 또 눈을 뜨고 있는 목적이 되기도 하더라고.

당장 내가 죽는 건 아니지만 사랑하는 것들을 만족할 만큼 누리지 못하고 눈을 감는 게 벌써 아쉬워. 그래서 나는 살고 싶어, 오래 더 오래.

2 예전에 어느 어르신과 나눈 대화를 각색한 글입니다.

슬픔보다 더 큰 슬픔

올해 여름에 외할머니가 돌아가셨다. 봄에 뇌출혈로 요양하시다가 코로나 확진을 받으시고는 3일을 버티지 못하셨다. 갑작스럽게 돌아가셔서 마지막 가는 모습을 볼 수 없었다.

많은 할머니께서 그러하듯이 외할머니 역시 내게 단 한 번도 화를 내거나 기분 나쁜 기색을 내비치지 않았다. 어릴 적 편식이 심했던 내가 서귀포 바다 근처 할머니 댁에서도 평소 드시는 해산물과 채소로 만든 반찬 대신 늘 고기반찬이나 라면을 요구했을 때도, 성인이 되어서 긴 터널을 지나며 몇 년간 찾아뵙거나 연락을 드리지 못했을 때도 여전히 철은 없고 나이만 들어 버린 손자에게 무한한 사랑을 주셨다. 세상 속에서 내 걸음이 남들보다 느리고 뒤처질 때도 언젠가는 꼭 잘될 거라고 마음으로 안아 주셨다.

바라는 거 없이 그저 나를 사랑해 주는 사람을 잃으면 신체 부위가 잘려 나가는 듯한 고통에 빠진다. 받은 마음에 비해 돌려준 게 적을수록, 준비도 없이 이별이 갑작스러울수록 그 슬픔과 통증은 심했다. 할머니의 마지막이 내게는 그런 감정이었다. 몇 개월이 지났지만 길을 걷다가 체형이 동글동글한 할머니들을 마주칠 때면 우리 할머니가 눈에 겹쳐서 눈시울이 붉어졌다.

슬픔과 고통은 상대적이라 더 힘들고 덜 힘들다는 위계가 있음을 인정하고 싶지는 않지만 적어도 내 안에서만은 어떤 슬픔은 다른 슬픔보다 상위에 위치한다. 여타의 슬픔이 언젠가는 반드시 치유될 것이라 확신되는 감정이라면 할머니의 부재에서 오는 슬픔은 완전히 불타서 복구되지 못할 폐허 같은 감정이었다.

할머니는 내게 하나의 과제를 주고 가신 셈이다. 내가 더 성숙하고 큰 감정을 품을 수 있는 사람이 되어서 지금은 감당하기 어려워 보이는 슬픔까지 담담하게 대할 수 있는 사람이 되는 것. 그게 할머니의 유언이라 받아들이고 싶다.

이별이 늘고 잃음이 많아진다는 게

몇 겹의 굳은살을 덧대며

닥치는 상실에 초연해지는 일인 줄만 알았는데

아무도 말해 주지 않았지.

소중한 걸 잃는다는 건

닮은 뒷모습이나 익숙한 향기, 비슷한 목소리에

본능적으로 돌아보거나 방어할 틈도 없이

눈물이 주룩! 하고 쏟아지는 일이라고.

사실은 연약한 부위가 늘어 가는데

딱히 처방이 없어 아닌 척 살아갈 뿐이라고.

살아온 과정이 얼굴에서 드러난다는 말

표정 없이 지냈던 힘든 시기를 몇 년씩이나 오래 보내다 보니 실제로 표정의 폭이 줄어들고 전반적으로 어두워졌다. 몇 년에 걸쳐 깊게 스며든 어둠은 그 습기가 깊이도 박혔는지 이 정도면 다 마를 때도 됐을 텐데 하는 요즘에도 그 물이 다 빠지지 않은 게 느껴진다.

나이가 들면 사람의 얼굴에서 살아온 과정을 짐작할 수 있다는 말이 요즘 유독 머리를 스친다. 많이 웃는 사람은 웃을 때 생긴 주름이 남고 많이 찡그린 사람은 찡그릴 때 쓰는 주름이 깊게 파인다는 류의 말들…. 나 역시 사람을 바라볼 때 얼굴의 전반적인 느낌이나 다채로운 표정만으로 호감을 느끼기도 했었다.

거울을 바라본다. 서른을 훌쩍 넘긴 내 양쪽 눈에는 바깥쪽으로 주름이 보이지 않는다. 그만큼 피부가 접히지 않았다는 것이고 대체로 눈웃음을 짓지 않고 살았다는 뜻이다. 웃음이야 앞으로 점점 늘겠거니 하고 긍정적으로 생각하지만 가끔은 아쉽다. 좀 더 밝게 자주 웃음을 보이고 싶었던 사람에게 그러지 못했던 시간, 해맑게 웃어 주고 싶었지만 이내 어색하게 미소만 짓던 내 모습이 어떻게 보였을지. 그 안에서 내 진심보다 그늘을 더 많이 본 건 아닌지 하고 말이다.

요즘 가을

요즘 가을은 시작한 문장이 마침표를 찍을 틈도 없이 빠르게 지나간다. 그래서 전하지 못한 편지처럼, 차마 다 보지 못한 영화처럼 아쉬움을 남긴다.

사람마다 평생 누릴 낭만의 양이 정해져 있다면 나는 한참 전에 그 낭만 대부분을 소진해 버린 것만 같다는 생각을 요즘 종종 한다. 그만큼 짧지 않은 기간을 차갑고 건조하게 보냈다는 이야기다.

미련

쉬지 말고 앞으로 걸음을 옮겨야 한다. 미련은 처음 태어난 과거 어느 날에 가만히 묶여 머무는 게 아니라 계속해서 내가 약해지는 빈틈을 노리며 쫓아오기 때문이다.

미련은 귀가 밝아서 내가 뱉은 작은 후회를 들을 수 있고, 눈도 좋아서 멀리서 고개 숙인 내 모습을 알아차리고는 더욱 빠른 걸음으로 다가와 뒤흔들어 보려 한다.

나는 어떤 미련을 몇 장의 달력 너머에 냉정하게 두고 왔다고 남들에게 당당히 말하면서도 실은 몰래 숨겨서 소중하게 간직하곤 했다. 불씨가 다 죽지 않아서 후! 하고 입으로 바람을 불면 되살아나는 숯처럼 이미 다 끝난 일을 혹시나 하는 마음에 놓지 못했다.

적당함의 모순

 적당히 살라고 한다. 그리고 적당히 사랑하라고들 한다. 너무 많이 사랑하지 말되 아주 차갑지는 않을 정도로만 내어 주라고 말이다. 나는 그대로 수긍하지 않고 곰곰이 되새긴다. 적당한 마음들로 그동안 지켜 낸 건 무엇이었는지, 미지근함의 끝은 어땠는지 말이다. 적당히 마음 쏟은 일과 관계 대부분 결과는 '유지'가 아닌 '상실'이나 '후퇴'였다. 더 간절한 존재들이 내 자리를 앗아 갔고 적당한 정도로는 뒤로 밀려나기 일쑤였다. 적당하게 낭비한 나만 그 시간 속에 덩그러니 남겨졌다.

눈물이 늘었다는 건

엄마는 내게 스마트폰을 내밀며 사진첩에서 외할아버지 영정 사진으로 쓸 만한 걸 골라 달라고 했다. 그리고 선택된 사진 속 얼굴에 큰 점이나 기미 같은 잡티를 지워 달라는 부탁도 덧붙였다.

엄마 말로는 외할아버지 수명이 길어야 올해 가을 정도까지라고 한다. 할아버지는 작년 봄에 발생한 교통사고로 의식을 잃고 겨우 생명을 유지하고 있었는데 올해를 다 버티기는 힘드신가 보다. 엄마는 지난 1년간 이별을 차근차근 준비하고 있었던 걸까. 담담한 말투가 단순하게만 들리지 않는다.

불행하게도 재작년에는 친할머니가 돌아가시고 작년에는 외할머니가 돌아가셨다. 그리고 올해는 외할아버지 생명의 기운이 심하게 흔들리고 있다. 겪고 싶지 않은 큰 이별을 3년 연속으로 경험한다니. 대를 하나 더 건넌 나도 이렇게 저릿한

데 부모님은 얼마나 속으로 무너졌을지 그 내면을 차마 짐작하기도 어렵다.

최근 부쩍 어릴 때보다 눈물이 많아졌음을 느낀다. 사람 앞에서 우는 편은 결코 아니지만 혼자 있을 때 약한 면을 건드는 영상 매체를 보거나 평범한 일상에서도 슬픈 구석을 쿡 찌르는 일이 있으면 눈시울이 붉어진다.

나이가 들수록 눈물이 많아지는 건 우선 노화 때문이겠지만, 소중한 존재가 세상에서 사라지는 게 어떤 의미인지 더 잘 알게 된 것도 큰 몫을 하지 않을까. 유아기나 유년기에는 무엇이 소중한지 대략 알 뿐, 어느 정도 가치인지는 이해하지 못했다. 나이가 들면서 여러 취향과 경험을 공유하며 깊어지는 관계가 생겼고 둘 사이에 시간을 거듭할수록 좋은 게 쌓여 간다면 자연스럽게 그 관계가 계속 이어지기를 바랐다. 이별의 두려움은 그런 류의 감정에서 싹이 튼다.

이별은 사람을 잃는 일이다. 없는 사람을 앞으로 계속 그리게 되는 일, 돌려주지 못한 마음을 기약 없이 매만지는 일, 닮은 사람이나 뒷모습을 마주하면 미소가 지어지거나 굵은 눈물이 맺히는 일, 지우려 할수록 자꾸 번지기만 하는 일.

모든 이별은 아리다. 여러 이별을 겪었더라도 새로운 사람과의 이별은 다른 색과 깊이의 고통이 있다. 할아버지를 떠올릴 시간이 늘어날 것만 같다.

세상에는 나보다
나를 더 생각하는 사람이 있다고

삶은 내가 주체이지만 나만의 삶이 아니라는 걸 알게 된다면 이전보다 성장한 것입니다.

내 일에 나보다 더 슬퍼하는 사람이 있다는 걸 깨닫는다면 선택이 더 신중해질 것입니다.

무언가 내려놓고 싶을 때, 막 무너지려 할 때 어떤 얼굴들을 떠올리면서 버텨 내곤 했습니다.

그럼에도 무너지지 말아야지.

그냥 무너지라는 유혹이 나를 흔들 때

한 번 더 생각해야지.

내가 아프면 나보다 더 슬퍼할 누군가가 있다고.

이 세상에 자신보다 내 안녕을

더 바라는 이가 있다고.

사랑이 어울리는 풍경

네 사랑이 과분하지 않은 사람에게 마음 쓰길 바란다.
사랑을 대하는 네 수고스러움과
늘 준비하는 배려를 당연하게 여기지 않고
매일 불을 지펴 만든 온기라는 걸 아는 사람,
때로는 불안이 웃음을 무너트리는 와중에도
티 내지 않고 새로 짓는 집이라는 걸 알아주는 사람에게
네 사랑이 쓰이길 바란다.
좋은 사랑은 그런 사람에게 담겼을 때 가장 어울리더라.
분명 오래 볼 수 있는 아름다운 풍경이 될 거야.

3

그대로
사랑하며
오래 더 오래

대화가 통한다는 건

대화가 통한다는 건 단순히 재미있게 웃고 떠들 수 있는지가 아니라 내가 좋아하는 것을 함부로 말하지 않는지, 우리와 엮인 작은 일들도 상의하는지, 다퉜을 때도 이성의 범위 안에서 대화할 수 있는지, 잘 듣고 잘 기억하는지, 지적과 비판의 말들보다 긍정과 이해의 말을 하는지로 판단해야 했습니다.

대화가 잘 통하면 이리저리 옮겨 다니지 않고 가만히 앉아 얘기만 나눠도 즐겁고 침묵도 불안하지 않습니다. 장소가 시간을 빛내는 게 아니라 상대방이 그 시간의 목적이 되겠죠.

말을 다듬어서 나눌 수 있는 사이가 결국 곁에 남습니다. 상대의 말 안에 내가 안전하게 담겨 있음을 확인할 때 온기를 느낍니다. 대화가 잘 통하는 사람이 좋을 수밖에 없는 이유입니다.

좋은 침묵이 관계를 지킵니다

어렵게 결정한 도전을 말로 가로막아 김을 새게 한다.

외모를 지적하며 예민함을 만든다.

여러 사람 앞에 숨기고 싶은 면을 언급해서 불쾌하게 한다.

욕설과 고성, 거친 말들로 좋은 분위기를 해친다.

선물과 호의에 아쉬움을 드러내서 좋은 의도를 상하게 한다.

사람 사이에서 발생하는 문제는 해야 할 말을 하지 않았을 때보다 하지 말아야 할 말을 했을 때 더 많이 발생한다. 하지 말아야 하는 말을 하는 건 내가 하는 말을 상대가 어떻게 받아들일지 생각이 부족할 때 나오는 행동이고 이기심이나 공감 능력과도 무관하지 않을 것이다.

많은 이가 자신이 하는 말이 상대를 위하는 것이라고 착각한다. 실제로도 정말 그럴까? 상대방 기분과 상황을 고려한 말들일까? 사실 우리가 건네는 평가와 충고, 조언은 자신의 생각을 기준으로 상대방의 행동과 생각을 그냥 지나치기 어려울 때 나온다. 불법이나 윤리적으로 크게 문제가 있는 경우에는 한마디 해 줄 수도 있겠으나 단순히 '그 말을 하지 않으면 내가 너무 답답할 거 같아서.' 같은 이유로 굳이 하지 않아도 되는 부류의 말들을 계속해 왔을 것이다. 그런 솔직함과 무례함을 구분하지 못하는 이기적인 습관이 주변 사람에게 적지 않은 불편을 줬을지도 모른다.

말을 하기 전에 한 번 더 생각하는 습관을 들이려 한다. 내가 하는 말이 미칠 영향을 미리 고려해 보는 것이다. 말은 많이 할수록 실수할 가능성도 커지지만, 말을 줄이고 듣는 시간이 늘면 나를 찾는 사람도 덩달아 늘어난다. 아픈 말을 생각 없이 뱉는 사람보다 하지 말아야 할 말을 가리는 사람, 더 나아가 배려로 침묵을 지키는 사람을 곁에 오래 두고 싶다는 건 누구에게나 마찬가지이다. 같은 맥락으로 말을 아끼면 오히려 관계가 돈독해진다.

요즘은 말을 잘하는 사람보다 좋은 침묵을 지키는 사람에게 더 눈이 간다. 그들은 자칫 예민해질 수 있는 주제에서 가벼이 말을 꺼내지 않고 섣부르게 상대를 막아서지 않는다. 개인적으로는 말을 하는 것보다 말을 하고 싶은 욕구를 참는 것을 더 대단하다고 본다. 지적받거나 변화를 요구당하기보다 지금 그대로의 가치관과 외면을 존중받고 싶은 사람의 본질을 생각해 본다면 점점 어느 쪽으로 행동해야 하는지 답을 내리는 건 어렵지 않았다.

잘 챙긴 한 사람, 열 사람 부럽지 않다

기꺼이 내게 시간을 내고

마음 쓰는 사람만 잘 챙겨도 괜찮습니다.

좁은 인간관계더라도 제대로 신경 쓰기 쉽지 않고

설령 더 욕심을 부린다 한들

결국 진심인 사람들만 남으니까요.

내가 기울여야 하는 쪽은 관계의 양보다 질입니다.

내 방식대로 나를 표현했는데

답답함만 돌려받는 관계들이 일상에 많아요.

대부분 내 의지를 숙이고 함께해야 하는 사람들이겠죠.

같은 언어를 쓰고 있지만 가끔은 외국에 있나 싶기도 합니다.

그럴 때 생각나는 그리운 이름들이 있습니다.

내 말의 표면적인 뜻은 물론이고

숨은 의미까지 이해해 주는 사람들이겠죠.

그들과 가끔이라도 직접 얼굴을 보고 대화를 하며

그동안의 답답함에 인공호흡을 받아야 해요.

그래야 내가 살아 있음을 느끼고

살맛 나게 살아갈 수 있으니까요.

소란스럽지 않고 자연스럽게

말없이 정리하는 관계가 점점 늘어난다. 나를 존중하지 않는 태도를 계속 보이거나 여러 차례 약속을 어기는 모습을 참다가, 그래도 내게 잘해 줬던 기억을 애써 찾으며 다시 참다가. 결국 싫을 때가 오면 조용하지만 냉정하게 마음의 문을 꽁꽁 닫게 된다. 기분 나쁘다고 화도 내 보고, 어떻게 대해 주면 좋겠다고 말을 해 보는 게 더 바람직할 수도 있겠으나 실망으로 마음이 많이 떠난 상황에서는 그럴 힘이 남아 있지 않다. 더불어 상대방도 간절한 대상을 대할 때는 분명 내게 대하듯 행동하지 않을 것이라는 생각도 내 마음에 힘을 더한다. 사람 사이도 애써 바꾸지 않고 자연스러운 게 좋다. 같은 색이면 함께하고, 다른 색이면 각자의 길로 가게끔 소란스럽지 않고 자연스럽게.

진심이라면 재촉하지 않을 것

가까워지고 싶어서 상대가 원하지도 않는 친절과 호의를 베풀었고, 내 마음만큼 따라오지 않자 서운해하고 기분 나빠했던 적이 있어요.

돌아보면 상대가 정말 원하는 게 무엇인지, 그 사람 마음을 열게 하는 방법은 어떤 건지 고민하기보다 내게 좋을 만한 거면 그 사람에게도 좋을 거라고 쉽게 생각했어요. 상대에게는 그것이 부담이고 불편이 될 수도 있는 건데요.

혼자 북 치고 장구 치는 이기적이고 배려 없는 마음이었죠. 당시 그 사람에게는 얼마나 내가 별로인 사람이었을지 생각하면 지금도 얼굴이 달아오릅니다.

모든 관계가 그렇듯 친해짐에도 각자의 속도가 있어요. 내가 빠른 편이고 상대가 느리다면 그의 손을 잡고 무리하게 끌어오는 것보다 그의 속도에 맞춰서 기다려 주는 게 더 현명한 방법이겠죠. 그래야 지치지 않고 먼 길을 함께 갈 수 있을 테니까요.

가깝게 지내려는 목적이 단지 그 사람과 친해지고 싶다는 일종의 욕구가 아니라 그에게 좋은 사람이 되고 싶다는 진심이라면 충분히 기다릴 수 있을 것입니다.

좋은 사람을 존중으로 대하려면

누구나 반복적으로 나타나는 자신의 행동 중 스스로 참 싫다고 여기는 모습이 몇 있을 텐데, 나는 가까운 사람들에게 종종 뾰족하게 대할 때 내 태도가 참 부끄럽고 별로였다. 그래서 반성의 의미로 부끄러운 날들의 공통분모가 무엇이었는지 돌아봤다. 당장 떠올려 보면 해결할 수 없는 일들이 갑자기 여럿 겹친 날이기도 했고, 타인을 친절하게 대할 체력이 떨어진 시기였을 것이다.

특정 감정을 외부로 표출하는 데는 일정한 에너지를 소모한다. 힘들거나 슬픈 부정의 감정이 일상 저변을 대부분 지배할 때 마음 밖에 있는 사람에게 밝은 모습으로 대하는 건 평소보다 몇 배의 에너지를 필요로 한다.

체력이 부족한 상태에서도 흐트러짐 없이 따뜻함을 유지할 수 있으면 더 바랄 게 없겠다. 그런 이들은 성숙함을 갖춘 것이겠지만 부끄럽게도 나는 그렇지 못했다. 가끔 예민함을 뾰족하게 드러내서 상대방이 보기에는 대화와 행동에서도 모난 감정이 티가 났을 것이고 의도치 않게 상처를 주기도 했다.

어른스럽게 체력이나 에너지가 곧바로 태도가 되지 않도록 하는 것이 최선이겠으나 마음 수련이 부족한 나는 언젠가부터 차선으로 몸과 마음이 힘든 상황에서는 사람들과 부대끼는 것을 피하고 혼자 잘 먹고 잘 자면서 잠시 충전하는 시간을 가지려 했다. 좋은 이들에게는 좋은 말과 좋은 행동만 전하고 싶어서, 어떤 상황에서도 존중을 표하고 싶은 진심 때문이다.

평소에 그러지 않다가

유독 남들에게 예민하고 뾰족해지는 건

남을 친절하게 대할 에너지가 없기 때문이겠지.

정신력이 몸을 지배할 때도 있지만

몸을 일으킬 기력이 없다면

진심이 의도만큼 움직여 주지 않는다는 거야.

그런 시기에는 사람들을 가까이 두면

자꾸 의도치 않게 상처만 주게 되니까

당분간 거리를 두고 잘 먹고 잘 자면서

스스로 충전하는 데 집중하면 좋겠어.

책임감

약속 장소에 조금 일찍 도착해서 사람을 기다린다. 어떤 날에는 여러 사람과 만나기로 한 자리에 나가서 먼저 도착한 사람들과 나머지 사람들을 기다리기도 했다.

타인을 기다림 속에 두고 늦는 사람들은 크게 두 가지 모습을 보인다. 지각이 예상되면 먼저 나온 이들이 마냥 기다리지 않게 미리 늦을 거라는 연락과 사과를 곁들이는 사람, 그리고 본인의 잘못으로 난처한 상황을 맞으면 갑자기 연락이 잘 닿지 않고 숨어 버리는 사람. 전자는 약속에는 늦었지만 잡은 약속에서 책임을 다하려 애를 쓴 거고, 후자는 잠시 불편한 분위기를 모면하고 싶어서 미성숙한 선택지를 택했다.

책임감이라는 단어는 흔히 '맡아서 해야 할 임무나 의무를 중히 여기는 마음'이라 정의한다. 업무로 묶인 관계에서 주로 쓰이는데 요즘 나는 평범한 인간관계에서 책임의 중요성을 더욱 실감한다. 기분 좋고 잔잔한 맥락에서는 결코 마주할 일 없는 무책임함이 불리한 상황에서 여지없이 드러나고 어떤 방식으로든 타인에게 피해를 준다. 누구나 잘못과 실수는 할 수 있으나 불리한 상황에서 숨지 않고 자신이 벌인 일을 수습하려는 태도에는 분명 용기가 필요하다. 책임감 있는 모습에서 나를 소중히 대하는 마음과 존중을 느껴 본다.

무례함이라는 병

타인의 무례함을 일종의 병이라고 생각하면

차라리 마음이 편합니다.

그러면 앞으로도 경우 없는 태도로 사람들을 대하며

점점 더 혼자가 될 그 사람의 미래가 괜히 딱해서

화가 나기보다 연민이 먼저 들거든요.

누군가의 무례함으로 부정적인 감정을 전염시키려 하면

애써 대응하거나 덫에 걸려들어서 흥분하지 말고

그대로 나를 스쳐 가게 두길 바랍니다.

그 사람보다 더 나은 인격체로서

부릴 수 있는 성숙한 여유입니다.

피하는 게 심신에 이로운 사람

자신이 무조건 옳다고 생각하는 사람

배려도, 눈치도 없는 사람

뇌를 거치지 않고 말하는 사람

나를 자기 행복의 수단으로 삼는 사람

나를 질투하고 경쟁 상대로 삼는 사람

늘 부정적이고 삐뚤어진 사람

결국 나만 죄인으로 만드는 사람

나만 맞춰 줘야 관계 유지가 되는 사람

자기반성 없이 남 탓, 환경 탓만 하는 사람

불안하고 생각을 많이 하는 사람

너무 오래 기분 나빠 하지 않겠습니다.

이제 가까이 지낼 일 없는 사이니까요.

그래도 조금은 더 이 감정에 머물겠습니다.

아무 일 없는 듯 당장 털고 괜찮기는 어려워서요.

놓치지 말아야 하는 인연

말하지도 않고 행동하지도 않는 사람은
기대를 갖게 하지 않으나 실망할 일도 없어 중간은 갑니다.

매번 말만 번지르르하게 하고 행동하지 않는 사람은
앞으로도 허탈함과 실망만 안겨 줄 것입니다.

말없이도 묵묵히 행동할 줄 아는 사람은
알아 갈수록 더욱 좋은 향이 날 것이고

자신이 뱉은 말과 행동이 일치하는 사람은
평생 함께해도 좋은 인연이라서
꼭 놓치지 말아야 합니다.

한결같고 꾸준한 존재들

제가 바다를 늘 반가워하고 산을 생각할 때 마음이 평온한 건 그것들이 항상 제자리를 지키고 있기 때문입니다. 자주는 아니더라도 조금 시간과 마음을 쓰면 찾아가서 마음을 기댈 수 있거든요.

하루는 몇십 년간 바닥을 드러낸 적 없다는 하천을 우연히 마주했습니다. 육안으로는 멈춰 있는 듯 보였지만 수면 밑으로는 세월만큼 빠르거나 때로는 천천히 사색하듯 물이 흐르고 있었겠죠. 중요한 건 하천이 긴 시간 동안 하루도 빠짐없이 그 줄기를 지켜 왔다는 사실입니다. 그래서 '하천이었던 곳'이 아니라 계속해서 '하천'이라는 이름으로 남는 게 가능했을 것입니다.

긴 시간을 거쳐 지금 제 곁에 가까이 남아 있는 사람들이 있습니다. 그들은 마음을 나누는 면에서 지독하게 한결같다는 게 닮았습니다. 이전보다 나이가 들고 각자 사는 지역과 형편이 달라지긴 했어도 반대의 색깔로 물들지 않고 따뜻하게 저를 대해 줬습니다. 그래서 아마 제가 저를 지키면서 살고 있는 게 아닌가 생각해 봅니다.

한결같지 않게 된 것들을 종종 떠올립니다. 뜨거웠다가 차가워진 마음, 끊이지 않을 선인 줄 알았으나 점이 되어 버린 열정, 하루아침에 달라져 버린 애정, 한 번의 갈등으로 끝나 버린 관계, 오해가 쌓여 희미해진 사람, 흥미가 줄어들어 더는 찾지 않게 된 취미, 그리고 여전히 마음은 가지만 내게 해로운 걸 알아 버려서 억지로 끊어 낸 것들, 더는 나를 궁금해하지 않는 사람…. 하나씩 세어 나가다 보니 그동안 내 세상에 셀 수도 없을 만큼의 불들이 지펴지고 꺼졌음을 짐작할 수 있었습니다.

사람 사이를 돌아보면 오래 잘 지내기 위해서는 서로를 향한 마음이 꾸준히 유지되어야 했습니다. 한쪽의 마음만으로 관계를 유지할 수는 없고 그 마음이 잔뜩 넘친다 한들 상대방의 진심 분량까지는 채울 수 없을 테니까요. 그래서 지독한 짝사랑도 원하는 결실을 보기 어렵고, 크게 마음이 바뀐 사람을 되돌리기도 쉽지 않나 봅니다. 아무리 내가 진심이어도 나를 대하는 마음이 메말랐거나 불안정하고 지속적이지 않다면 그 관계는 결국 끝을 보였습니다.

결국 꾸준하게 내게 다정한 사람이 최고입니다. 그렇게 한결같은 존재들이 곁에 남아 있다는 사실을 인정한다면 오늘 내가 어디에 마음을 쓰거나 쓰면 안 되는지 방향이 선명해졌습니다. 보다 의미 있는 존재에 나를 쓰고 언제 꺼져도 이상하지 않을 불에 더는 나를 태우지 않으려고요.

누구를 멀리해야 할까

이전에는 어떤 사람을 가까이하는 게 좋을지 고민했다면 요즘은 어떤 사람을 멀리해야 하는지를 더 중요하게 생각한 다. 종종 이벤트처럼 사람에게서 오는 행복도 반갑지만 평범 한 일상에서는 상처 주고 힘들게 하는 관계로부터 거리를 두 고 평온을 유지하는 게 더 중요하다는 걸 비로소 깨달았기 때문이다.

인간관계의 목적이 즐거움이나 단편적인 행복에서 정서적 안정과 편안함으로 옮겨 왔다는 게 변화의 이유가 되었을 것 이다. 그래서 나는 이전보다 덜 성급하며 쉽게 뛰어들지 않 고 사람과 함께했던 시간, 그리고 나눴던 대화를 돌아보는 걸 택한다.

지름길

가까운 사이란 상대의 지름길을 아는 사이.

무엇이 그 사람을 쉽게 웃게 하고,

무엇에 그 사람이 가장 아플지 잘 아는 사이.

그런 사이에서 가장 중요한 건

터득한 지름길을 악용하지 않고 선하게만 사용하는 것.

상대방의 비밀과 약점을 소중히 할 줄 알아서

때로는 모른 척하고

때로는 모진 세상에 방패가 되어 주는 것.

한결같아서 고마웠다고

한결같이 나를 따뜻하게 대해 준 사람에게 가장 감사했던
건 나를 향한 애정이 늘 제자리에 있다고 안심시켜 줬기 때
문입니다. 그 마음에서 피어나는 평온은 너무도 소중했습니
다. 한 사람을 꾸준히 아낀다는 건 짧지 않은 시간 동안 알
게 모르게 내가 줬을 서운함과 실망에도 결코 나를 놓지 않
았다는 것이고, 계속해서 내 장점을 찾아 주고 바라보며 같
은 자리를 온기로 지켰다는 의미일 것입니다. 반짝 뜨겁다
가 사라지는 인연은 많지만 따뜻하게 꾸준한 사람은 찾기 어
렵습니다. 우리가 지켜야 할 사람이 있다면 바로 그런 사람들
입니다.

멀어지더라도 한결같이
응원하게 되는 사람이 있다

내게 좋은 영향을 준 사람
나를 자주 웃게 하고 배려했던 사람
순수하고 진실했던 사람
그리고 내 모습, 내 삶을 이해해 준 사람

네가 나를 필요로 했으면 좋겠다

적어도 10년은 연락 없던 지인이 최근 결혼한다고 메시지를 보내왔다. 어떤 문구도 없이 달랑 모바일 청첩장 하나만 넣어서 말이다. 나를 대하는 존중이 전혀 느껴지지 않아 불편함이 스멀스멀 올라오려는 찰나에 그 감정이 합당한 건가 싶어 몇 개의 질문을 스스로에게 던져 봤다.

'그 사람은 내게 어떤 존재인가?'
'그가 나의 바람을 들어줄 만큼 우리 관계가 두터운가?'
'보낸 메시지에는 내 기분을 고려한 흔적이 있나?'

10대 시절 제법 가까운 사이였지만 성인이 되고 나서는 거의 왕래가 없었고 내가 가장 힘든 일을 겪는 시기에도 그 사실을 알면서 연락 한 번 주지 않았던 사람…. 그러나 불편이 불쾌까지 이르기에는 나 역시 긴 시간 동안 그 사람에게 딱히 해 준 게 없었다. 그만큼 서로가 접점이 없어도 사는 데 전혀 지장이 없었다. 그럼에도 그는 정말 오랜만에 내가 필요했나 보다.

'필요할 때만 찾는 사람'은 인간관계에서 많은 이가 가장 기피하는 부류이다. 필요할 때만 찾는다는 건 무엇을 의미할까? 앞서 언급했듯 몇 년간 연락도 없다가 본인 결혼식 때문에 연락하는 사람, 내가 필요할 때는 닿기 어렵다가 본인이 필요할 때만 나를 찾는 사람처럼 정의는 각자 주관에 따를 것이다.

우리는 모두 어떤 필요로 관계를 맺고 연락과 만남을 주고받기 때문에 사람에게 구하는 '필요' 자체가 잘못된 것은 아니라고 생각하는 편이다. 나 같은 경우만 해도 좋은 일이 있으면 어떤 친구가 가장 먼저 알아줬으면 해서 연락하기도 하고, 힘들어서 세상 뒤로 숨고 싶은 날 먼저 떠오르는 사람도 있다. 그럴 때는 용기를 내서 연락해 본다. 논문 준비나 업무상 궁금한 게 있으면 몇 번을 속으로 고민하다가 조심스럽게 동료에게 부탁하기도 한다. 이 모든 연락과 만남들이 '필요'에서 비롯되었으나 원만한 관계를 유지하고 있다.

그럼 감내할 만한 필요와 그렇지 않은 필요는 어떤 기준에서 주로 나뉠까? 그동안 상대가 내게 얼마나 덕德을 쌓았는지에 따라 상대 요구의 수용 정도가 다르다고 본다. 정말 힘들때 나를 도와줘서 마음의 빚이 있는 사람에게는 내게 다소 번거로운 부탁을 하더라도 그 이상으로 되돌려 주고 싶다. 반면 불편한 사이에서는 작은 부탁에도 득실을 따져 가며 자연스럽게 인색해진다.

누군가를 아낄 때면 나는 그 사람에게 어떤 면에서든 필요한 사람이고 싶어진다. 크고 작은 도움을 주면서 더 돈독해지고 싶다. 그래서 고마움이 많이 쌓인 이의 드문 부탁에는 속으로 쾌재를 부르기도 했었다. 받기만 하는 듯해 마음이 쓰였는데 드디어 크게 갚을 기회가 와 신이 났다.

내가 만나서 헤어질 때, 그리고 전화를 끊을 때 "무슨 일 있으면 연락해."라고 말했던 건 쓰임 받고 싶다는 신호였다. 작은 도움이라도 될 수 있다면 기꺼이 나를 내주겠다는 은근한 표시이다.

관계라는 건 때때로 그 깊이를 증명해야 하는 타이밍이 있고 '필요'는 형태를 달리할 뿐, 언제나 그 중심에 있을 것이다. 필요를 외면하지 않고 잘 해소하면 이전처럼 두 사람이 유지되거나 더 깊은 관계로 발전하기도 한다.

　내 사람들을 대하는 진심을 크고 작은 필요로 채워 주고
또 증명할 수 있다면 괜찮은 삶이다. 가장 기쁜 날과 아무것
도 남지 않은 날에도 내게 손을 내밀어 주면 화려하거나 소란
스럽지는 않아도 가까운 곳에서 함께할 것이다.

자유로움으로 서로를 밝히는 사이

내가 타인에게 거는 믿음은 과연 그들에게도 반드시 반갑고 선한 것인지를 여러 차례의 상실을 겪고서야 자신에게 물어본다. 사람을 향한 내 믿음은 대부분 상대가 먼저 원한 게 아니라 내가 바라서 홀로 만들었다.

그 사람과 가까워지고 싶었고 서로 신뢰가 굳건한 사이로 지내고 싶은 바람이 그저 상대를 믿어 보는 것에서 시작된 것이다. 심지어 그가 믿을 만한 사람인가를 살펴보지도 않고서 무작정 믿음을 뒤집어씌우기도 했다.

'믿음'이나 '기대'라고 이름 붙이긴 했지만, 사실은 준비도 되지 않은 상대에게 내가 원하는 방향으로 대해 주길 바라는 이기심이자 부담이었다. 그래서 그런 나를 등지고 돌아설 때 상대의 심정은 헤아리지 못하고 여전히 내 생각만 하는 사람일 수밖에 없었다. 과한 믿음과 무리한 기대는 사람을 묶어

둘 수 없고 반대로 자신을 더 옭아맨다. 믿음이나 신뢰를 입 밖으로 유독 강조하는 관계일수록 더 쉽게 멀어지는 것도 비슷한 이유일 것이다.

요즘은 부쩍 자유로운 것들이 더 반짝여 보인다. 그동안 내가 구속하려 했던 관계들은 대체로 지금 곁에 남아 있지 않다. 그들은 자꾸 가두려는 내 안에 머무는 것보다 더 넓은 세상에서 지내는 게 자신을 더욱 빛나게 하는 방식임을 알았을 것이다. 나 역시 관계라는 건 움켜쥐려 할수록 빛을 잃고, 자연스럽게 서로의 가치관을 존중하며 그 안에 머무는 게 행복할 때 물 흐르듯 나아갈 수 있다는 걸 늦게라도 배워 간다.

동생은 어려워

지인들과 한창 대화를 하면서 '동생'이나 '후배'와 관련한 주제로 넘어가게 되었는데 나는 유독 나보다 어린 사람을 대하는 게 참 어렵다고 씁쓸하게 고백했다. 가족 중에서도 막내인 영향이 가장 큰 이유일 것이고 보수적인 남중 남고를 나와서 그럴지도, 아니면 어릴 때 자연스럽게 어울리는 법을 학습하지 못한 배경 또한 한몫했을지 모르겠다.

가족으로서 동생이 있으면 좋겠다는 생각을 해 보지 않았다. 누구도 그러라고 한 적은 없지만 내 성격상 적어도 동생에게만은 평생 모범이 되는 삶을 살아야만 한다는 부담을 스스로 짊어질 것만 같았다. 가족은 평생으로 엮이는 관계라 더욱 그러했다. 그리고 아무래도 한 살이라도 더 많으면 나잇값도 해야 하고 뭐라도 하나 더 챙겨 줘야 한다는 생각이 상대방과 친해지기도 전에 피로감으로 다가왔다. 나는 뭐 하나를 줄 때도 무심히 툭 주고서 등 돌리지 못하고 신경을 많이 쓰는 편이라 더욱 그러했다. 이런 무거운 생각들이 대체로 자리 잡은 것 역시 어린 사람들과 둥글고 편하게 지내지 못하는 걸림돌이었다. 누가 내게 그런 부담을 얹은 것도 아닌데 혼자 속으로 아웅다웅하는 모습이 좀 우습긴 하다. 나 말고도 이런 사람들이 어딘가에는 있지 않을까? 확인해 보지도 않았으면서 위안으로 삼아 본다.

가까이 지내는 사람들은 대부분 동갑이거나 나보다 나이가 많은 편인데 그들과 지낼 때는 앞서 말한 부담감에서 조금은 자유롭다. 우선 그들과는 최소한 수평적인 관계라 여기기에 내가 조금은 덜 신경 쓰거나 더 마음을 받아도 크게 마음 쓰이지 않는다. 나는 그 관계 안에서 복잡한 생각을 내려두고서 편하게 쉬기도 하고 마음을 표현하게 되는 것이다. 흔히 나이는 숫자일 뿐이라고 하는데 몇 살 차이에도 이렇게 태세가 달라지는 걸 보면 아직 초연함과는 거리가 있나 보다.

사회에서 알게 된 사람들과는 나이에 상관없이 존칭을 쓰며 지낸다. 나보다 나이가 어려도 존대로 대하다 보면 아주 살가운 사이는 되지 못하더라도 적당한 존중과 배려로 관계의 틈을 채우게 되기도 하는데, 너무 친밀하지 않은 적당한 거리감이 주는 편안함이 있다. 짧지 않은 경험으로 체득한 나만의 방식이다.

MBTI

사람을 혈액형의 틀에 담으려는 시도가 잠잠해지나 했는데 더 강력한 MBTI라는 게 나타나 많은 사람에게 영향을 끼쳤다. 기존에 혈액형으로 사람을 판단했던 방식은 전 세계 사람을 A, B, O, AB라는 네 가지 형태로만 싸잡아 해석하려 했다는 점이 가장 큰 비판점이었으나 MBTI는 총 16가지 형태이기에 그 추종자들은 혈액형 별 성격 분류법이 가진 한계를 어느 정도 극복했다고 생각하는 듯했다.

MBTI를 맹신하는 이들은 새로운 사람을 알아 가는 초반에 상대방이 어떤 MBTI 타입인지 질문을 한다. 그게 많은 질문을 하는 것보다 그들에게는 더 효율적이기 때문이다. 그렇게 어떤 타입인지 답변을 하게 되면 나도 모르는 사이에 벗어날 수 없는 굴레에 들어가 버리게 된다. 그냥 재미로 알아보는 것이라고 겉으로는 말하지만, 내면에는 평소 자신과 상성이 잘 맞는 MBTI 타입과 반대의 타입이 정리되어 있고 잘 맞지 않는 타입에 속하게 되면 어느 정도 알아 가기도 전에 정리되기도 한다.

사람 간에 대화에서 외모나 가정 환경, 학력, 경제력 차이를 언급하고 이를 기준으로 평가하는 걸 흔히 무례하다고 하지만, 타인을 일정한 틀에 넣고 아직 겪어 보지 않은 사람을 예단하고 확신하는 건 앞서 언급한 것들과 비슷하게 무례하거나 그 이상일 수도 있다는 걸 모르는 사람이 많다. 정작 자신은 있는 그대로의 모습을 바라봐 주기를 바라면서 말이다.

진심이라면 단순하게

손으로 쉽게 감동을 줄 수 있는 건
진심을 담아 편지를 쓰는 일입니다.

저렴하지만 큰 행복을 줄 수 있는 건
꽃 한 송이를 선물하는 일입니다.

나를 위하는 사람을 보람차게 하는 건
감사하다고 꼭 말하는 일입니다.

가장 빠르게 화를 진정시킬 수 있는 건
변명 없이 사과하는 일입니다.

어렵지 않게 기쁨을 주고 화를 줄이는 방법이 있어도
우리는 왜 그렇게 멀리 돌아가는 걸까요.

순수한 마음은 가장 단순한 방식으로 전할 때
진심 그대로 잘 전달됩니다.

현명하게 다투는 방법

당장 직면한 주제 안에서만 다퉈야 합니다. 다른 주제나 과거의 일까지 데려와서 판을 키우지 말아야 합니다. 어느 주제도 해결하지 못하고 서로 꼬투리만 잡다가 다툼이 커지기만 할 테니 말입니다.

나의 흥분은 상대의 없던 흥분도 부릅니다. 욱하지 말고, 치솟은 감정을 어느 정도 다스린 후에 말해야 합니다.

인격에 대한 공격은 삼가야 합니다. 이 사람은 내가 애정하는 사람이고 더 나은 관계를 위한 다툼이며 이 다툼이 지나도 길고 좋은 관계로 지내야 한다는 사실을 잊지 말아야 합니다.

잘못이 있다면 진심으로 사과해야 합니다. 상대가 바람직한 성품을 지녔다면 내가 먼저 사과하는 게 배려라는 걸 알아줄 것입니다. 그리고 상대가 먼저 사과하는 경우에는 그 방식이 내가 원하는 것이 아니더라도 받아 주세요.

연극은 언젠가 끝나기 마련이니까요

애매한 것에 나를 오래 멈추고 싶지 않습니다.

애매하게 나를 대하는 사람, 미지근한 감정들,

그리고 설명하기 어려운 여러 상황까지.

확실한 것들은 미지근하거나 우유부단하지 않고

혼란하게 할 여지를 주지 않습니다.

나를 분명하게 원하고,

내가 끌리는 자리에 서 있고 싶습니다.

'척'하는 시간은 오래가지 않으니까요.

" 지나고 보니 더 고마웠던 인연 "

멀리 내가 있는 곳까지 나를 보러 찾아와 준 사람

내 취향과 의견을 막아서지 않고 존중해 준 사람

예민한 부분을 들추지 않고 모른 척 지나쳐 준 사람

언제라도 연락 달라고 하고 정말 흔쾌히 받아 준 사람

내가 전한 얘기를 어디에도 흘리지 않은 사람

특별한 일 없어도 먼저 연락해 주고 안부를 나눴던 사람

나도 잊고 있던 내 사소한 부분을 잘 기억해 준 사람

당시에도 고마웠지만 지나고 보니 더 고마웠던 사람

굳이 많은 걸 하지 않아도

친한 친구와는 많은 말을 나누지 않아도
힘들었다는 사정을 꺼내지 않아도 위안이 되기도 합니다.
충분히 정을 쌓아 둔 사이라면
자주 만나지 않아도, 일 년에 한 번 얼굴을 보아도
그사이 못 본 시간이 무색할 만큼 친근감이 이어집니다.
서로 이해가 충만한 사람들은
보채지 않고 조바심 부리지도 않습니다.
느슨한 것 같지만 무엇보다 단단하고
은은한 듯하지만 가장 오래 남는 색입니다.

오래 보자

우리 오래 보자.

어떤 계절에는 여러 번 얼굴을 보기도 하겠지만,

분주해서 일 년에 한 번 겨우 보는 시기도 있겠지.

그래도 우리는 알잖아.

잠시 반갑다가 곧 어제 만난 사람들처럼

익숙하게 대화를 이어 갈 사이라는걸.

부디 질투와 경쟁하지 말고 서로 행복을 빌어 주자.

좋은 일은 매번 알려 주지 않아도 서운하지 않을 테니

혼자 감당하면 넘칠 감정들은 꼭 나눠 들고 살자.

네 연락은 언제나 반가울 거야.

나를 더 나답게끔 하는 사람들

누가 내 작은 조각들까지 기억하고 있을까. 누가 나와 시간을 보내고 싶어 하고 내 목소리를 자꾸 들으려 할까. 맛있는 식당을 찾으면 누가 나를 찾으며, 누가 아름다운 풍경을 바라볼 때 나를 떠올릴까?

혼자 남아도 나는 분명 세상에 존재하지만 나를 둘러싼 따뜻한 사람들이 나를 더 나답게끔 돋보이게 도와주는 것 같아. '내 인생'이라는 액자 속에 꼭 함께해야 하는 사람들.

집이 될 수 없다면 여행일 뿐이겠죠

집이 아닌 장소에서 잠을 청할 때 길게 잠들어도 피로한 것처럼 오래 가까이서 시간을 보낸다 해도 불편을 느낀 이의 마음은 더는 나와 함께했던 그 자리에 있지 않다. 과한 집착은 결코 관심이나 애정이라는 이름으로 받아들여지지 않는다. 집착의 강도만큼 불편을 주고 서둘러 나를 떠나 다음 여정을 찾도록 도울 뿐이다. 그러니 누군가를 아끼고 사랑한다면 집이 되어야 한다. 부디 눈치 없는 질문과 오만한 충고, 그리고 엇나간 이기심을 거두기를. 누구에게도 편히 쉴 수 있는 집이 될 수 없다면 나라는 사람은 결국 타인의 삶에서 잠시 머물다 떠나는 여행지가 될 뿐이니까.

쎄한 느낌은 왜 빗나가지 않는지

왜 쎄한 감각은 잘 빗나가지 않을까요.

쎄함이 실현되지 않기를 간절히 바랄 때는

왠지 더욱 잘 맞아떨어지는 것만 같습니다.

쎄함은 상대방이 그동안 보여 준

규칙적인 모습에서 벗어난 행동을 할 때 느끼고,

그걸 쉽게 알아챈다는 건 그만큼 상대방을

관심과 애정으로 지켜봐 왔기 때문일 것입니다.

우리가 등골 서늘한 감정이 아닌

예측 가능한 평온 아래에 늘 머물면 좋겠습니다.

가끔 드는 쎄함도 그저 스치는 우려이길 바랍니다.

그 사람은 내게 어떤 길을 내었을까

내 과거와 오늘을 어둡게 한 사람이 있다면 그를 모르던 시절로 돌아가고 싶을 때가 많았다. 우리가 깊이 스며들었던 그날, 그 시간 만나지 말았어야 했는데. 특정 메시지와 나를 향한 관심을 무심하게 지나치면 좋았을 거라고 마침표를 찍기 어려운 후회가 자꾸 살을 붙인다.

반면 믿음으로 사랑하는 사람, 내게 좋은 사람은 분명 미래를 밝히는 힘이 있다. 필름을 되감고 싶은 인연이 여럿 있더라도 좋은 사람과 함께라면 앞으로 무엇이든 해낼 거 같고 인생에 깊게 파인 그림자 곳곳에도 빛이 닿는다.

인연은 불확실한 우리 삶에 길을 낸다. 믿고 따랐는데 엄한 곳에 길을 만들어서 나를 두고 가기도 하고, 좋은 인연이 많은 이가 한참 돌아가는 먼 길을 낭비와 실패로 물들이지 않게끔 지름길로 인도한다. 인연의 명암을 가늠하고 싶다면 그 사람이 내게 어떤 길을 내었는지 내려다보면 좋을 것이다. 그 사람이 낸 길을 따라 나는 지금 어디에 서 있는지, 그래서 어떤 표정을 짓고 있는지와 같은 것들 말이다.

둘이라서 더 불행하기도 하니까

혼자라는 걸 무조건 불안하게 생각했던 날들도 있었지만 함께라는 게 더 나은 일상을 보장해 주는 것도 아니었습니다. 가장 가까운 사람과 잘 맞지 않거나 자주 다투면 오히려 불행이 늘어나거든요. 오히려 솔로인 게 더 나아 보이는 관계도 있었습니다.

마음을 한껏 쏟은 관계가 끝나면 반드시 혼자만의 시간이 필요합니다. 지난 연애를 돌아보기도 하고 그 안에서 나는 어떤 모습이었는지 자신을 더 알아 가는 시간을 갖는 거죠. 더불어 나를 사랑하는 일을 전적으로 타인에게 맡기지 말고 혼자인 기간에 스스로 자신감을 채우고 외모와 내면을 가꾸는 노력도 해야 합니다.

혼자 있는 기간이 늘어 간다고 불안해하지 않았으면 합니다. 준비가 부족한 상태에서는 설익은 관계만 맺을 테니까요.

더 성숙한 자신과 이전보다 나은 관계를 맞이하기 위해 준비하는 시간이라 여기기로 해요.

사람에 대한 짧은 조언

친한 사람이 몇 명 없어도 내게 부정적인 영향만 준다면
멀리하는 것이 좋습니다.

모든 걸 다 알아야 친해질 수 있는 것도 아니고
보이는 걸 모른 척할 때 가까워질 수 있는 사이도 있습니다.

답장이 빠르지 않다고 나를 가벼이 한다 단정할 수 없지만
매번 빨리 답을 주는 사람은 나를 특별하게 여기는 것입니다.

지인으로서 내가 알고 있는 그 사람과
연애할 때 그 사람의 모습은 많이 다를 수 있습니다.

많은 사람이 나를 좋아해도 내가 좋아하는 이가
나를 좋아하지 않으면 외로워지는 게 사람입니다.

발전적인 관계

좋아하는 게 비슷한 사이도 좋지만 다른 점을 잘 맞춰 가는 사이가 더 좋습니다. 다투지 않을 수 있다면 최선이겠지만 매 갈등을 슬기롭게 해결해 나갈 수 있다면 먼 미래에 함께하는 그림을 생각하게 될 것입니다. 상대를 잘 알고 있다는 확신이 오만함이 되어 서운하게 만들지 않길 바랍니다. 누군가를 조금 더 많이 안다는 건 그 사람을 행복하게 만드는 도구로만 쓰여야 바람직합니다.

끝내 머물러야 할 자리는

유난히 내게만 자상한 사람

사랑 이전에 의리가 있는 사람

애정은 관찰과 기억에 비례한다

"오늘 무슨 일 있었어?"

"아니? 별일 없는데."

"별일 없기는, 평소에 문자 보내던 거랑 분위기도 다르고 표정도 완전 어둡잖아."

"어디가 어때서 그래. 똑같은데…."

"모르나 본데 너는 평소 문자 끝에 이모티콘이나 'ㅋㅋ'를 늘 붙여. 그런데 기분이 좀 좋지 않으면 건조하게 아무것도 붙이지 않더라. 대화 주제도 자꾸 다른 쪽으로 돌리려고 하고 말이야. 짧지 않은 시간 동안 너를 유심히 바라보면서 알게 된 사실이야. 무슨 일이야, 내가 뭐 서운하게 한 거 있어? 괜찮으니까 말해 봐."

"아니야, 정말 그런 거."

"내가 늘 신경을 쓰려 하지만 의도치 않게 서운하게 한 것들도 분명 있을 거야. 너 혼자 담아 두고 우울한 방향으로 흘러가다가 굳어 버리게 두고 싶지 않아서 그래. 나 때문에 그런 것이 아니라면 그나마 다행이지만 앞으로 혹시라도 나 때문에 서운하거나 속상한 게 있으면 어차피 겉으로 티가 다 나니까 혼자 꿍하고 있지 말고 꼭 얘기해 줘."

사랑하는 것과 좋아하는 것

사랑은

사랑이라는 감정에 확신이 있다는 점에서

단순히 좋아한다는 것과 구분할 수 있어요.

몇 번을 되물어도 난 그 사람을 사랑한다고

의심 없이 말할 수 있다는 것이죠.

그렇기에 사랑인지 아닌지 헷갈리거나 자신할 수 없을 때

사랑을 자신 있게 말하기에는

내심 불편함이 존재할 것입니다.

그렇게 스스로 확신하기 어려운 감정으로는

타인을 설득하기 어려울 거예요.

희박한 확률에 마음을 걸지 말기

언제 한번 만나자는 사람과
실제 날짜를 잡고 얼굴을 보려는 사람은 분명 다릅니다.

내가 줬던 마음을
티 나지 않게 기억했다가 돌려주려는 사람은
정성과 배려를 당연히 여기는 사람과는 분명 다릅니다.

그리고 자기 하고 싶은 말만 늘어놓는 사람과
내 애기를 끝까지 경청할 줄 아는 사람은 분명 다릅니다.

확실히 다른 걸 알면서도
혹시나 하는 기대를 걸지 않았으면 합니다.
확률에 당신을 걸지 말고
선명하게 진심으로 대하는 사람과 함께하길 바랍니다.

가짜 아닌 진짜

진짜 너를 궁금해하는 사람들은 티가 나. 새로운 사람과 가까워질 때는 궁금증의 물줄기가 누구나 거셀 수 있어. 네가 무엇을 좋아하고 싫어하는지와 같이 기초적인 것들을 나누는 시기에는 말이야.

하지만 그 시기가 지나서 네가 잘 일어났는지, 밥은 먹었는지, 오늘 일과는 어땠는지와 같이 다소 지루할 수도 있는 질문들이 반복되는 시기가 있어. 그때 바빴다거나 정신이 없었다는 이유로 자신의 일상에서 너에 대한 궁금증을 놓아 버리지 않는 사람은 진짜일 가능성이 크겠지.

그건 시켜서도 하기 어렵거든. 남들에게는 지루할 수도 있겠지만 그 사람에게는 하나도 지루하지 않고 하루를 편안하게 보내기 위해서 꼭 필요한 대화야. 네 일상이 정말 궁금해야만 자발적으로 할 수 있는 일들이지.

그런 사람이라면 쉽게 놓지 말자. 네가 매력적이라 느끼는 사람보다 더 만나기 어려운 사람이니까.

그런 면만 아니면 참 괜찮은 사람일 텐데

어떤 부분만 아니면 참 괜찮은 사람이라고 생각하며
애써 힘든 인연을 붙잡고 있다면
앞으로 더 힘든 날들이 기다리고 있을지도 모릅니다.

그 사람에게 없었으면 하는 부정적인 면은
당사자에게 자연스러운 부분일 가능성이 크고
당신이 바라는 상대의 모습과 실제 상대방의 차이가 커서
앞으로도 못 본 척하거나
온전히 받아들이기 어려울 것입니다.
그렇다면 불편한 모습이 점점 더 크게 보일 테고요.

'그것만 아니면'이라고 매번 전제를 붙이는 건
이미 그 부분이 상대방의 다른 장점들을 상쇄할 만큼
비중이 크다는 것을 인정하는 것입니다.
누군가를 가까이하고

심지어 사랑이라는 이름을 붙이려 할 때,

그 사람에게 내가 감당하기 어려운 부분이 있다면

쉽사리 마음을 주어 서로 다치게 하지 않기를 바랍니다.

행복을 바라는 또 다른 방식

사람은 자기가 행복한 방향으로,

마음이 끌리는 대로 행동합니다.

연애하면서도 다른 이성과 자꾸 엮여 신경 쓰이게 하는 것도

술을 마시고 빈번하게 연락이 안 되는 일도

어렵게 대화를 마치고 하지 않겠다 약속했던 행동의 반복도

그에게는 큰 행복이라서 잃고 싶지 않은 것입니다.

나는 사랑을 이유로 상대방의 행복을 막아서고

빼앗는 사람이 되고 싶지 않습니다.

언젠가는 그가 변할 수도 있겠지만

내가 그 계기가 될 거라는 헛된 기대도 하지 않습니다.

그래서 머물렀던 자리를 벗어나는 걸 택하려 합니다.

불편해하는 사람 없이 눈치 보지 말고

그토록 좋아하는 것들을 편하게 누리라고요.

화양연화

花樣年華

내 사람이 나를 기다려 줄 때가 참 좋은 때였습니다. 바쁜 일과를 마치면 강아지처럼 기다려 주는 사람이 있다는 것이, 사소한 약속 하나도 기억하고 또 지켜 주는 사람이 있다는 것도 되돌아보면 너무도 소중한 보물이었습니다.

내게 보낸 문자에 '1'이 없어지기를 수시로 확인하고, 나의 일과를 끊임없이 궁금해하는 건 피로감을 쌓이게도 했지만, 무엇에 간절하지 않으면 절대 보일 수 없는 모습이었고 쉽게 누릴 수 없는 행복이었습니다.

내게 마음 없는 사람들과 마주하며 더 짙어진 반성이었습니다. 반짝반짝한 마음을 주는 사람의 눈을 바라보면 언제까지나 사랑만 담은 눈빛으로 나를 바라볼 것만 같았습니다. 불신과 실망이 하나둘 쌓이고 크게 지쳐서 언젠가부터 한 번 기다리지 않게 되면 그 후로 다시는 나를, 내 마음을 기다려 주지 않았습니다.

한 사람에게

이제 해 줄 수 있는 게 없거나

무엇도 해 주고 싶지 않을 때,

그리고 더는 받고 싶은 것도 없을 때

사람은 급격하게 냉정해지고

뒤돌아보지 않게 됩니다.

낮과 밤

모든 진심은 맨정신에도 나눌 수 있어야 한다던 저와
술을 마셔야 겨우 용기를 낼 수 있다던 그 사람.
저는 술의 도움 없이도 애정을 이야기했고
그 사람은 술에 취했을 때만 진심이라며
마음을 드러냈습니다.

그래서인지 둘 다 맨정신일 때는 제 서운함만 점점 쌓였고
그렇다고 함께 거나하게 술에 젖은 적도 없으니
각자의 진심이 제대로 맞닿은 기억을 찾기는
어려울 것입니다.

같은 장소에 자주 가면서도
들르는 시간대가 달라서 마주친 적 없는 사람들처럼
같은 감정을 이야기하면서도 시간 차이로
영영 서로에게 스며들지 못하는 인연이 되는 걸까요.

이해가 아니라면 낭비가 되겠죠

돌아보면 그는 자신이 행복한 방향으로 살았습니다. 거기에 변화를 바라는 건 행복의 방향과 반대로 가라는 것이었죠.

변하는 건 지금 자신에게 편한 방식을 거스르는 것이기 때문에 번거롭고 어려울 수밖에 없습니다. 오랜 시간 몸에 깊이 박혀 있는 형태일수록, 그것으로 기분이 좋아지거나 마음이 안정될 수 있다면 더 그렇습니다.

사랑을 내걸고 그 사람이 바뀌길 무작정 기다렸던 긴 시간은 돌아보면 두 사람 모두에게 낭비였습니다. 나는 내 행복을 위해서 변화를 바랐고 상대방도 자신의 행복을 위해서 본래 모습을 지키려고 했습니다. 좁히기 어려운 갈등이었죠. 잠시 나를 위해 변한 모습을 보일 수는 있겠지만 대부분은 다시 본래 모습으로 돌아갔습니다.

물론 내가 그를 이해하는 쪽으로 바뀔 수도 있었을 것입니다. 하지만 쉽지 않았고 서로 상대가 이기적이라고 다투며 소모적인 시간을 보냈습니다. 그렇게 의미 없이 흘려보낸 시간이 너무 길었습니다. 이미 한참 전에 정리했어야 할 인연이었을지도 모르는데요.

시간을 되돌릴 수 있다면 나와 공존할 수 없는 상대방의 모습이 자꾸만 갈등을 야기하는 경우, 그래도 이해해 주거나 너무 늦지 않게 정리를 할 것입니다. 그게 서로의 행복을 지켜 줄 방법일 테니까요.

우리에게 허락된 시간

백 가지 공통점이 있어도 하나가 틀어지면 같은 색으로 가득 찬 세상을 미련 없이 등지기도 할 만큼 관계라는 게 잔인하잖아. 이제는 제법 잘 안다고 말하면서도 멀어지는 대상이 매번 바뀌어서 그런지 이별은 여전히 낯설고 담백하게 받아들이기가 쉽지 않아.

그래, 짧은 시간에 몇십 년을 알고 지낸 사이처럼 가까워지기도 하고 첫눈에 반해서 온 마음을 빼앗기기도 하는 게 사람 일인데 하루아침에 마음이 떠나서 남이 되는 것도 이상한 일은 아닐 거야. 영원했으면 했지만, 곧 어둠이 찾아와서 보내야 했던 어느 날의 아름다운 노을처럼 그 사람도 그렇게 생각해야지. 그 짧은 날들이 우리에게 허락된 시간이었을 테니까.

4

어떤
계절이더라도
같이 걸어요

천생연분

인연은 나를 담는 그릇과 같아서 내가 어떤 인연에 담기느냐에 따라 다른 모양이 되어 버리곤 합니다. 그래서 좋은 인연은 그동안 나도 몰랐던 나의 다양한 부분을 장점으로 만들어 줘서 그를 알기 전의 나보다 더 괜찮은 존재가 되게 하고, 나쁜 인연은 그동안 생각지도 못했던 나의 면면들까지 틀린 것으로 지적하며 몰아세워서 별로인 사람으로 남겨지게끔 합니다.

그런 면에서 천생연분은 둘의 장점이 서로에게 큰 기쁨이 되는 사이입니다. 기존의 장점은 더욱 빛이 나고 부족한 점보다 좋은 점을 더 바라보려고 해서 다툼은 줄고 웃음은 늘어갑니다.

천생연분은 각자 드러내고 싶지 않은 부분이 관계에 지장을 주지 않는 사이이기도 합니다. 숨기고 싶은 면을 드러냈을 때 정말 괜찮다며 껴안아 주는 사이입니다. 누구나 아프고 쓰디쓴 구석은 있는 거라고, 그런 면까지 마음에 녹여 낼 수 있어야 사랑이라는 걸 잘 아는 성숙한 사람들입니다.

고백

어제 달이 너무 예뻤는데 네 생각이 먼저 났어.

잠은 잘 잤는지 모르겠다. 점심은 뭐 먹을 거야?

요즘 무엇에 가장 관심 있는지 궁금해.

귀갓길에 예쁜 장미를 봤는데 너 보여 주려고 사진 찍어 뒀어.

주말에는 뭐해?

괜찮으면 같이 산책을 나설까, 하천을 따라 자전거를 탈까.

힘든 일들 내게는 말해 주면 안 될까, 내가 경청은 잘하잖아.

네 눈에 비친 내 모습이 참 좋아서 자꾸 눈을 마주치게 돼.

덕분에 요즘 기분이 좋아. 매일이 밝고 새로워.

내 마음은 이런데, 너는 어때.

너도 닮았다면 계속 나랑 함께하자.

좋아하게 되었다는 증거

사람을 좋아하게 되면 마음이 분주해진다.

상대방의 사랑스러움이 빛날수록

내 단점은 부각되는 듯하다.

평소보다 많이 웃으려는 나를 발견한다.

날씨를 확인하고 미리 비 소식을 알린다.

안부를 묻고 사소한 것도 기억하려 노력한다.

적어도 그 사람에게만은 자상하려고 애를 쓴다.

하루 시작과 마지막을 인사로 여닫으려 한다.

좋은 말만 전하고 싶지만

시시콜콜한 얘기까지 쏟아 버린다.

그 사람에게 정서적으로 의지가 되는 존재가 되길 바란다.

내게 말하지 않은 것들까지 미리 생각하고 배려한다.

그 사람이 웃으면 나도 웃음이 난다.

그런 내 모습이 혼자일 때보다 훨씬 행복해 보인다.

전할 수 없는 사연

웃고 있다고

서운함이 없는 게 아니며

군말 없이 침묵한다고

할 말이 비어 있는 게 아닙니다.

잘 지낸다 답한다고

걱정을 모르는 게 아니며

당신의 결정을 따른다고

내 취향이 없는 것도 아닙니다.

우리의 평온을 깨고 싶지 않았습니다.

나를 조금 가려도 좋을 만큼

당신을 아끼기 때문입니다.

겪어야만 이해할 수 있는 마음

그녀는 단 한 번도 사랑 고백을 해 본 적이 없다고 했다. 결코 먼저 연락을 하지도 않는다고 한다. 뜨거움이 조금이라도 식으면 관계를 정리하고 새로운 사람을 만났다. 굳이 이 사람이 아니어도 늘 자신에게 호감이 있는 사람들은 있어서 아쉬울 게 없다는 것이다. 가질 수 없는 마음에 매달려 본 적도 없으며 사랑에 눈물 흘리는 사람을 이해하기 어렵다고 한다. 그런 경험들을 마치 훈장처럼 얘기하는 눈에는 순수함이 느껴지지 않았다.

그간 자신에게 간절한 사랑을 줬던 사람들의 마음을 그녀가 알 수 없는 게 당연하다. 자신은 늘 꽃이었기 때문에 다가오는 벌의 생각은 모를 테니까. 벌들을 보면서 우월감도 느낄 수 있지만, 오히려 벌은 늘 그 자리에 있어야 하는 꽃을 안쓰럽게 여길지 모른다. 나 역시 단 한 번도 가슴 절절한 사랑을 해 보지 못한 그녀가 안쓰럽게 느껴졌다. 자신이 사랑이라 믿는 공간이 변두리의 정말 좁은 영역이라는 걸 모르고 있는 거니까.

사람은 살면서 한 번은 자신을 모두 내던질 사랑에 빠지게 된다. 그녀도 때가 된다면 전부를 줘도 아쉽지 않은 사랑에 허덕일 거고 그제야 이해할 수 있을 것이다.

과거 자신을 사랑했던 사람들이 그토록 구질구질할 수밖에 없었는지를, 정말 사랑하는 사람들은 마음을 쥐어짜서라도 사랑의 증거를 보여 주려 한다는 것과 그 사람들이 별로였던 게 아니라 자신을 높여 주고 빛나게 해 주기 위해서 스스로 낮은 자리에 있었다는 진실, 정말 별로였던 건 그런 마음을 소중하게 여기지 못하고 하대했던 본인이었음을 말이다.

부끄러움이 해일처럼 밀려오며 마음은 숙연해지고 이제는 닿을 수 없는 지난 인연들에게 늦은 후회와 사과를 남길 것이다. 그럴 수 있다면 조금 늦었더라도, 진짜 사랑으로 성큼 다가갔을 것이다.

" 좋은 사랑을 위한 준비물 "

연인을 온전히 믿을 수 있을 만큼 건강한 마음을 지닐 것

이전 인연이 새로운 관계에 영향을 주지 않게끔 청산할 것

과거 연애에서 얻은 트라우마를 새 사람에게 덧씌우지 말 것

너무 기대하지 말고 쉽게 실망하지 않을 것

사랑이 내 모든 문제를 해결해 줄 거라 기대하지 않을 것

상대도 타인에게 의지하고 싶은 약한 존재라는 걸 잊지 말 것

그 사람이 어떤 기분으로 하루를 마무리하는지 의식할 것

말하지 않아도 알아줄 거라고 생각하지 말고 자주 표현할 것

상대방이 좋아하는 일보다 싫어하는 행동을 더 신경 쓸 것

이별을 쉽게 말하지 말고 오늘과 미래를 예쁜 말들로 채울 것

산책할까요

걷고 싶은 선선한 밤에 생각나는 사람.

산책을 하자고 말을 건네지만

사실은 끝이 정해지지 않은 먼 미래까지

같이 걷고 싶다는 뜻입니다.

시간 가는 줄 모르게 걷다 보면

생각보다 멀리 와 있어서 웃었던 적이 있었죠.

앞으로 우리가 함께하는 날들도 그랬으면 해요.

말보다는 행동으로

적어도 이성 문제에서는

불편하게 말을 꺼내기 전에

알아서 처신하고 선 그을 줄 아는 사람이 좋다.

그 사람과는 가까운 사이가 아니니까

신경 쓸 필요가 없다고 말로만 설득하는 게 아니라

정말 신경 쓰지 않아도 되는 존재라면

그만큼 행동으로 멀리하고 냉정히 대하며

내 입장에서 안심시켜 주는 사람.

사랑한다면

내가 너를 사랑한다면 네가 감추려 하는 어두운 면들도 안아 줘야지. 밝고 예쁜 부분만 사랑하려 한다면 그건 너를 이해하려는 게 아니라 사랑이라는 핑계로 필요할 때만 좋은 에너지를 끌어 쓰고 싶은 이기심일 거고 그 마음은 연약할 수밖에 없을 거야.

내가 너를 사랑한다면 모든 우울을 해결해 줄 수는 없겠지만 곁에서 경청하며 앉아 있을 거야. 이미 네 감정은 너만의 것이 아닐 테니까 어떤 계절이더라도 같이 걷자. 너도 나를 사랑한다면.

바람직한 사랑의 형태

바라는 것만 많고 자신을 내어 줄 용기가 없는 사람은 영원히 원하는 걸 얻을 수 없을 것이다. 그리고 사랑할 줄 모르는 사람은 좋은 사랑이 찾아와도 오래 품을 수 없으며 사랑 비슷한 것만 반복하며 타들어 갈 뿐이다. 내가 따뜻한 사랑을 받고 싶은 만큼 상대방 역시 같은 바람이 있을 테니 채움 없이 주기만 하는 사랑은 언젠가 끝이 날 수밖에.

바람직한 사랑의 형태가 있다면 아마도 그 밑그림은 내 영역에 있지 않다. 꾸준하게 사랑하는 상대방을 관찰하고 수집한 관심의 결과물에 있다. 내가 주고 싶은 게 아닌 사랑하는 사람의 결여와 빈틈을 통과하는 바람 소리, 나를 필요로 하는 목소리에 귀를 기울여야 한다. 그 소리에 맞춰 나를 움직일 줄 알아야 한다.

첫인상의 오류

처음 마주했을 때 느낌이 좋은 집이라고 해서 그것만으로 계약을 할 수는 없어요. 물은 잘 나오는지, 불은 잘 켜지는지, 곰팡이가 슬어 있지는 않은지, 해가 잘 드는지, 교통과 생활은 편리한 곳인지 등 각자가 중요하다고 여기는 부분을 계약하기 전에 조금 무리하면서라도 확인하는 현명함이 필요하죠. 섣불리 결정했을 때 후회는 내 몫이니까요.

사랑도 마찬가지라서 이제는 첫눈에 쉽게 반하지 않아요. 첫인상이 아무리 좋아도 그것만으로 이 사람이 나와 오랫동안 함께할 수 있는 사람인지 판단하기는 일러요. 그 사람이 어떤 가치관을 가지고 있는지, 대화를 할 줄 아는 사람인지, 긍정적이고 배려가 자연스러운지, 세상과 사회 문제를 바라보는 시각은 어떠한지, 사랑을 대하는 태도와 연락하는 방식이 어떤지가 이제는 더 중요해요.

" 내가 바라는 사랑 "

궁금함의 결이 같은 사이

상대방의 평온을 위하는 사이

뜨겁고 잔잔함이 오가는 사이

보고 싶음의 온도가 닮은 사이

과거보다 오늘과 미래를 바라보는 사이

논리보다 온기가 우선인 사이

중요한 순간에 희미해지지 않고 선명하게 직진하는 사이

길을 숨기는 사이가 아닌 함께 길을 만들어 가는 사이

이런 사람에게 사랑을 주고 싶다

걱정 없이 사랑할 수 있는 사람이 있으면 좋겠다.
늘 먼저 신뢰를 줘서 사랑을 퍼 줘도 불안하지 않고
내게 보이는 모습과 속마음이 같은 사람.
나만큼은 아니더라도 애정을 자주 표현해서
내가 끊임없이 사랑을 샘솟게 하는 사람.
가끔은 소원해졌나 싶어 조심스럽게 돌아보면
곁에서 애정 가득 웃고 있는 귀여운 사람.
한가득 준비한 마음을 얼마 주지도 못하고
허탈하게 끝내는 사랑은 더 겪고 싶지 않으니까.
이별이라는 단어를 떠올리지 않게 하는 사람에게
남은 사랑을 아낌없이 모두 주고 싶다.

두려움을 덮는 사랑

누구나 쉽게 꺼내지 못하는 어두운 면이나 아픔 하나쯤은 있기 마련이다. 그 아픔은 일상에서는 잠을 자다가 소중한 사람이 생기면 고개를 들어 불안을 밝힌다. 자꾸 가슴에 걸리는 그것이 사람을 밀어낼까, 관계를 삼킬까 봐 걱정하고 상대가 어떻게 받아들일지도 모르면서 스스로 삐딱하게 바라보며 검은 그림자를 길게 키웠을 것이다.

두려움이 있어도 그 끝은 사랑으로 흐르길 바란다. 사랑 안에서 당신을 털어놓을 만한 용기가 생기기를, 그 용기가 아깝지 않은 사람과의 사랑이길 바란다. 당신은 당신을 이루는 모든 조각의 합으로 바라보아야 가장 아름다울 테니까. 사랑하는 두 사람이 서로 숨기고 싶은 부분에서도 편히 쉴 수 있는 사이가 되길 바란다.

사랑할 때 그리는 그림

사랑하면,

그 사랑이 오래이길 바라면

시간이라는 담장을 훌쩍 뛰어넘어

홀로 먼 미래까지 가 보기도 했습니다.

내가 좋아하는 장소와 아끼는 사람들 곁에

사랑하는 사람을 두고 상상하며

얼마나 잘 어우러질지도 그려 봅니다.

흐릿한 풍경 속에서도 선명한 두 사람,

그 애틋한 그림이 영영 지워지지 않기를 바랐습니다.

질문이 늘어서 마음을 숨길 수 없었다

좋아하는 사람에게는 마음을 숨기기 어렵다. 한여름 뜨거운 햇살을 달력에 모두 담기 어렵듯, 봄날 장미의 붉음이 더없이 타오르듯 존재감을 드러낸다. 동네 산책로 담벼락이나 자주 가는 카페 외벽을 가득 채우며 뻗어 나가는 넝쿨을 볼 때면 곧잘 사랑이라는 감정을 떠올렸다. 그 감정의 원천이 되는 이름에 무사히 도달해야 비로소 외로운 여행은 마침표를 찍는다. 좋아하는 감정은 '질문'이라는 부드러운 화살이 되어 이내 상대방을 향하고, 여러 관심과 궁금증을 엮어 밧줄을 만든다. 부단한 수작업 끝에 단단한 끈을 잡아 보지 않겠느냐고 권하며 고백으로 피어날 것이다.

한 사람에게만 쉽게 녹았던 시기에 나는 유달리 궁금함이 많았다. 잘 잤는지, 일과 시작은 잘했는지, 식사 메뉴는 무엇인지, 특별한 일은 없었는지와 같은 일상과 관련한 궁금증부터 취미나 좋아하는 음식, 가장 가까운 사람들에 관한 이야기, 과거 연애를 질투하지 않아서 예전 사람과 어떤 점 때문에 자주 다퉜는지도 귀담아듣는다.

섬세하고 엉뚱한 면도 있어서 관찰을 덧댄 특이한 질문을 하기도 했다. 왜 오른쪽으로만 자주 음식을 씹는지, 중요한 이야기를 하기 전에 입을 한 번 '쩝'하고 다시는 이유나 집에 빨리 가는 길이 있음에도 매번 오래 걸리는 길을 택하는지, 매운 걸 먹으면 다음 날 고통스러워하면서도 왜 자주 찾는지, 셔츠 맨 밑 단추를 잠그지 않는 사연 같은 것들을 묻곤 했다. 다소 뜬금없는 궁금함이지만 대답을 듣고 보면 다 이유가 있었다.

그렇게 나눈 질문과 대답은 그 사람과의 관계에서 요긴하게 쓰인다. 선택의 갈림길에서 상대방에게 맞는 걸 택하도록 도움을 준다. 필요한 상황에 닥쳐서 묻고 행동으로 옮기는 것도 좋지만, 이전에 들었던 걸 잘 기억했다가 적시에 적용하는 건 더 아름답다. 그런 대우를 받는 입장일 때 '대접'으로 느껴질 정도로 감동했었다. 마치 나를 위해서 오랫동안 잘 숙성한 고기를 내주는 느낌이었다.

하지만 모든 질문이 관계에 좋은 것은 아니다. 구속과 억압의 목적으로 던지는 궁금함도 있는데 결과적으로 서로에게 도움이 되지 않는다. 질문은 좋아하고 사랑하는 상대를 이롭게 하는 데 쓰여야 하고 나를 만나기 전보다 더 행복하고 나은 오늘을 만드는 재료여야 한다.

관계의 깊이에 비례하지 않는 질문도 마찬가지다. 조금 친해졌을 뿐인데 한참 가까운 사이에서나 할 법한 물음을 던지거나 그런 관계에서도 묻지 않는 질문을 한다면 어렵게 끌어온 마음에 후회가 생겨 극단적으로 멀어질 수도 있다. 자신에게는 잔잔한 영역이지만 상대에게는 예민한 부분일 수도 있어서 궁금증을 밖으로 내비칠 때는 충분한 주의를 기울이는 게 바람직하다. 상황과 사람에게 맞게 적절한 질문을 고르는 안목이 있어야 하는데 여전히 자주 헛디뎌서 어려운 일이다.

궁금함이 많아서 그런지 내가 마음 가는 사람 역시 내게 질문을 많이 해 주는 게 좋다. 함께 있지 않을 때 나를 향한 상대 마음을 가장 쉽게 확인할 수 있는 건 '연락'인데, 그 대화에서 뼈대를 이루는 건 '질문'이다. 여러 볼트와 너트가 맞물려서 튼튼한 결과물이 완성되는 것처럼 능동적으로 여러 질문을 생산하는 건 그만큼 어떤 이와 좋은 관계를 만들어가고 싶다는 마음의 표현이다.

사람이 쓸 수 있는 에너지가 한정되어 있다고 여기는 나로서 한 사람을 아끼는 소중한 마음이 더 빛났으면 하는 바람으로 다른 곳에서는 질문을 아끼고 싶다. 쉽게 정을 흘리지 않고 가장 높은 산 하나만 보이던 풍경에 굳이 여러 산을 두는 걸 자제한다. 그러면 내가 보고 싶은 대상이 방해 없이 잘 보일 것이고 아낌없는 애정을 줄 수 있을 것이다.

거울

내가 아끼는 사람이

나를 아끼는 마음을 돌려주면 행복해요.

언젠가 비를 조심하라고 했지요.

이후 비가 오던 다른 날, 내게 우산을 챙기라고 말해 줬을 때

이미 인생에 닥칠 큰비를 한 번 피한 것 같았어요.

내가 위로해 준 밤을 기억해서

이후 나도 힘들어할 때 마음으로 안아 줬던 날은

무엇보다 성공처럼 느껴졌습니다.

좋은 마음을 줄 테니 지금처럼만 있어 주세요.

나와 함께할 때 당신 모습은

당신에게 주는 내 마음의 색이

무엇인지 비춰 주는 거울 같아서요.

세월이 가도 서로 웃는 모습을 확인하는 사이이길 바랍니다.

인생 한 컷

가야 하지만 가지 못한 길이 있다.
가지 말아야 했지만 몰래 걸었던 길이 있다.
닿지 못한 길에는 미련이 있고
잘못 들인 길에는 후회가 남았는데
두 길 모두 내가 한스럽기는 마찬가지.

그러면서도 자꾸만 사람이 겹쳐 떠오르는 건
아마도 어떤 길에 두고 온 이름이 있어서겠지.

누구에게나 특별한 관계를 결정짓는 한 컷이 있다.
어떻게 대처하는지에 따라
두 사람의 미래를 좌우할 수 있는 중요한 장면.
나는 한 장면을 계속 돌려보며 후회한 날이 많았다.
그 말을 하지 않았다면, 좀 더 용기를 냈다면
적어도 지금보다는 네가 가까이 있지 않았을까 하고.

그때는 모르고
지금은 조금이나마 아는 것들

지금 생각하면 그날의 당신은 나와 멀어지길 잘했습니다. 내가 적잖게 피곤하고 질리게 했잖아요.

당신은 사랑을 키우고 단단하기까지 시간이 필요했고 그 와중에도 나름 애정을 나눠 주곤 했습니다. 더 많이 좋아한 다는 게 관계에서 어떤 권력인 것처럼 나는 먼저 뜨거움에 도달했다는 걸 빌미로 당신을 보채고 충분히 좋을 수 있는 많은 시간을 어둡게 했습니다. 내 그런 모습들이 당신에게는 분명 사랑스러움보다 이기심이나 불안함으로 정의됐을 것입니다.

내가 진심이면 뭐든 옳고 이해받아야만 한다고 생각했었는 데 실제로는 주는 시늉만 하며 나를 챙기기에 급급했던 것과 크게 다르지 않았습니다. 깨닫기에는 모자랐던 당시에 나는 먼저 손을 놓은 당신을 원망할 뿐이었는데 이제는 당신의 결

정이 충분히 이해가 갑니다. 그 결정이 나를 아프게 했지만,

그 결정에 도달하기까지 당신은 그 이상으로 힘들었을지도

모르니까요.

" 오래 유지하기 어려운 관계 "

한 명만 사랑하는 관계

신뢰를 잃은 관계

자상함과 배려가 없는 관계

일방이 자기 방식만 고집하는 관계

자주 다투고 화해가 안 되는 관계

좋은 미래가 그려지지 않는 관계

연애의 우선순위가 크게 다른 관계

대화와 소통이 되지 않는 관계

지적하고 자존감을 깎아내리는 관계

행복보다 불행한 시간이 훨씬 많은 관계

잘 가고 있나요, 잘 가셔야 합니다

잘 가고 있나요? 내 흔적이 보이지 않는 지점을 이미 한참 지나왔을 텐데요. 당신은 아마 잘 지낼 거예요. 이전 연애에 미련을 두지 않는 모습이 매력적인 사람이라 더 마음이 갔었거든요. 나라고 예외는 아니겠죠. 담담하게 내게 말했던 이전 연애 얘기들처럼 나 역시 다른 누군가에게 전해질 때는 수분이 다 빠진 꽃처럼 바스락거리는 추억일 것입니다.

알면서도 아려요. 마지막이 되고 싶었거든요. 당신이 사랑에서 겪었을 다양한 '처음'들에 내 이름을 새기지는 못하더라도 늘 현재 진행형으로 모든 마지막을 갱신하며 진한 선을 함께 그었으면 했습니다. 그런 사람은 노력이나 간절함만으로 찾아오는 손님도 아니라서 더 쓰라렸어요. 당신은 어땠을까요. 돌아오지 못할 질문을 던져 봅니다.

내가 아는 게 당신의 전부는 결코 아니겠지만, 그래도 가장 많이 알고 있는 사람이라 자부하던 날도 있었는데 오늘 점심은 무얼 먹었는지조차 알기 어려운 사이가 되어 버렸다는 게 제법 씁쓸하게 다가옵니다. 자꾸 변하는 세상 속에서 이제 우리는 과거에만 머무는 사람들이에요. 그것마저 희미해지는 중이고요.

내가 자신하던 것보다 실제 나는 당신을 얕게 알고 지냈다는 걸 요즘 더 깨닫습니다. 한 사람을 잘 안다는 건 머리로만 기억하는 게 아닙니다. 그것들을 활용해서 관계를 더 둥글고 말랑말랑하게 만들어야 할 텐데, 당신을 이롭게 만드는 데 써야 할 텐데. 나는 잘 안다고 하면서 다툴 만한 일을 만들고 당신에게 자꾸 장애물을 남기며 발을 걸어 넘어지게 했으니까요.

당신을 알고 이해하는 게 부족했다고 인정하고 나니 둘 사이를 묶던 끈들을 풀고 손을 놓기에는 오히려 마음이 편합니다. 사랑하던 날에 내게 당신을 잘 모른다고 나무랐다면 크게 속상하고 슬픔까지 차올랐겠지만, 당신을 잘 몰라서 지금 혼자인 거라고 받아들이면 이별도 더 납득이 가요.

서로 뜨거울 수 있는 사람을 만나는 것도 가슴 설레고 좋은 일이죠. 하지만 겉으로 자주 다투지 않고 속으로도 많은 불만을 쌓아 두지 않으며 이해가 원활한 사이가 되는 게 오래, 잘 만나는 데 더 필요한 요소였습니다. 우리는 어느 연인에게도 뒤지지 않게 뜨거웠으나 그 온도를 오래 유지할 만큼 이해를 나누지 못했습니다. 담담하게 모두 받아들여야 해요. 맞지 않는 인연이라 다시 혼자로 돌아왔음을, 행복했던 기억에 흔들려 더 중요한 걸 잊어서는 안 될 것입니다.

당신은 눈 같아요. 영영 끌어안고 싶어도 허락하지 않고 나도 모르는 사이에 작아지니까요. 모든 이들이 그러하듯 떠나간 사람을 계속 그리며 추위를 견딜 수는 없어요. 남은 사람은 이 겨울을 지나 다시 봄으로 가야 합니다.

잘 가고 있나요? 나는 다음 계절로 갈 준비를 막 마쳤어요. 이제 더는 당신이 어느 방향으로 갔는지 발자국을 찾지 않을 수 있을 것 같습니다.

우리는 맞닿을 일이 없을 것입니다

단호한 당신은 내게로 오지 않을 것이고 아픔을 반복하기 싫은 나도 결국 그 곁으로 가지 않을 것입니다. 그렇게 우리는 다시 맞닿을 일이 없을 것입니다.

과거의 당신을 그리며 재회를 꿈꾸기도 했었지만 내가 마주한 건 당신의 얼굴과 이름을 한 다른 존재일 뿐, 내가 찾는 사람은 오늘 어디에서도 찾을 수 없었습니다.

당신과 나를 위해서라면 우리는 앞으로 닿지 않는 게 좋겠습니다. 그나마 남은 행복했던 기억이라도 잘 간직하고 싶으니까요.

많이 힘들었던 사랑은

연락을 더 자주 해 달라고 부탁해도 며칠간 이어질 뿐이지, 오래가던가요. 더 자주 보고 싶다고 어렵게 말을 꺼내도 조금 가까이 왔을 뿐 다시 제자리로 돌아갔겠죠. 자기 자리를 찾아가는 그 뒷모습을 보면서 당신은 자신의 문제라고 자책했을지도 모르겠어요.

다 지나고 건조한 마음으로 돌아보면 우리는 삶에서 사랑의 우선순위나 사랑을 대하는 방식부터 너무 달랐다는 깨달음이 그해와 계절에 선명하게 남았습니다. 도중에 낑낑거리면서 애를 썼다는 사실도요.

많이 힘들었던 사랑은 그 원인이 의외로 간단했습니다. 나와 당신의 마음 차이가 너무 컸거나 다른 색이었던 거죠. 둘

중 어떤 것이었든 우리가 오래 함께할 수 없는 사람들이란 결론은 같았어요. 덕분에 앞으로 내가 가야 할 방향, 함께해야 하는 사람도 명확해졌습니다.

사랑의 날씨는 얼굴에 드러난다

사랑이 깊으면 가슴에 다 담지 못해 넘쳐서 눈빛에, 입꼬리에, 발그레한 두 볼에 맺힙니다. 그래서 사랑받은 경험이 있는 사람이라면 상대 이목구비에서 발하던 특유의 빛과 온기를 기억합니다.

다른 일로 흐렸던 얼굴도 사랑 앞에서는 자연스럽게 다시 웃음으로 돌아옵니다. 계속 찌푸린 얼굴을 하고 있었어도 상대방이 할 걱정을 배려한다면 다시 미소를 그리곤 했습니다. 그 마음이 진실로 사랑이라면 상대방이 세상 가장 편하게 누울 수 있는 집일 거라서 둘만 아는 장난스러운 표정으로, 사근사근한 말투를 유지하고 싶을 것입니다.

반대로 사랑이 변한 것도, 그 증발한 마음도 얼굴에서 확인할 수 있습니다. 무표정한 낯빛에 건조한 말투, 예전과 다르게 눈을 잘 마주치지도 않고 유난히 꽉 다문 입술 사이는 명암이 짙습니다.

확연하게 달라진 태도에 마음이 변한 거냐고 물으면 매번 아니라고 답하던 사람. 아마 날마다 얼굴까지 사랑을 연기할 수는 없었나 봅니다. 말은 사랑이라고 하는데 얼굴은 그렇지 않을 때 어느 쪽을 더 신뢰할지 고민했지만, 그 후로 머지 않아 이별한 걸 보면 말보다 얼굴과 표정을 더 믿었어야 했나 봅니다.

이별의 신호음

누군가와 멀어지게 됐을 무렵, 그 사람이 자주 하던 말은 바쁘다는 것이었다. 사실 그의 일상이 급격하게 바빠진 건 아니었다. 돌아보면 이전에도 대단하게 한가한 적이 없었으며 다가오는 바쁨의 정도는 서로 짐작하고 있었다.

바쁨과 여유를 오가는 순환 속에 크게 바뀐 것은 오직 그의 태도였다. 이전에는 복잡하고 꽉 채워진 일상에서도 틈을 내어 잠깐이라도 만나서 마음을 확인하고 소소한 연락으로 온기를 주고받았는데 나를 보던 반짝이는 눈빛도, 내게 던지던 질문들도 신기하게 바쁘다는 말이 익숙해질 무렵 함께 자취를 감췄다.

바쁨 때문이 아니라 사실은 마음이 변한 것일 텐데 왜 본질을 감추려 하는지 이해하기 어려웠다. 백번 이해해서 바쁨으로 멀어짐을 고할 거면 그에게 사랑이란 여유로운 상태에서만 존재하는 것인지, 애초에 관계를 시작할 때부터 바빠지면 손을 놓을 의도였는지도 묻고 싶었다. 바쁨이 지나간다고 다시 이전처럼 뜨거워질 것도 아니고, 지나고 보면 찰나에 불과할 분주함에 쉽게 끝을 놓아 버린 것이면서 마음 없음을 솔직히 말하지 못하고 순간만 모면하려는 태도가 비겁해 보였다.

사랑을 깊이 마음에 두는 사람은 바쁘다는 말을 쉽게 하지 않는다. 자신의 계속된 바쁨과 부재가 상대방에게 어떻게 닿을지 모르기 때문이다. 그래서 상대방이 가능한 시간에 자신이 스며들 수 있게끔 최대한 가능성을 열어 두고 혹 바쁜 사정이 있다면 어떻게든 다음에 만날 시간을 만들어서 만회해 보려 애를 쓰게 된다. 그런 관계에서는 분주한 현실이 관계를 해치는 핑계가 되지 않는다.

차차 관계를 정리하며 그가 바쁘다는 말의 진의도 어느 정도 이해가 됐다. 이제는 예전처럼 나를 생각하는 마음으로 바쁜 게 아니라 그 자리를 다른 무언가로 우선순위를 삼아 채우며 분주한 거라고, 그렇게 만들어 낸 새로운 바쁨으로 내가 마음에서 밀려난 것이라고 말이다.

갑자기 연락이 끊긴 이유

어제까지 연락이 잘되던 사람이 갑자기 연락되지 않는 게 이상했습니다. 틈이 없을 만큼 빼곡한 연락은 아니었을지라도 하루를 드문드문 채워 줘서 앞으로 더 가까워지는 상황도 꿈꿔 봤기 때문에 특별한 계기도, 예고도 없이 끊어질 관계라고 생각지 못했습니다.

아마도 그 사람은 우리 관계의 한계를 일찍이 단정하고 홀로 출구를 향해 걸었을 것입니다. 자신에게 남은 짧은 심지를 확인했고 다 타 버린 날에 깔끔하게 사라져 버렸습니다.

혼자 정리하는 사이에 그간 내게 쏟았던 마음을 제삼자에게 주었을지 모릅니다. 꼭 사람이 아니라도 취미 생활이나 자신을 즐겁게 하는 대상에 열정을 부었을 수도 있습니다. 이렇게 일일이 확인할 수도 없는 복잡하고 답답한 감정들이 나를 괴롭혔습니다.

뒤늦게 알게 된 건 나는 그 사람에게 갑자기 정리된 존재
가 아니라는 사실이었습니다. 슬프게도 연락이 끊긴 그날이
그 사람에게는 남은 정이 모두 사라진 첫째 날이었기에, 그제
야 노력으로 마음을 되돌리는 건 허락되지 않았던 것입니다.

아직도 잘 모르겠습니다.

사람마다 한결같음과 꾸준함은

어떻게 확인할 수 있는지.

하루아침에 나를 대하는 온도 차이가

급변하는 이유는 무엇 때문인지.

한 사람의 진면모는 언제 드러나는지.

나를 아프게 할 사람을 미리 알아보는 안목은

얼마나 더 잃어야 갖춰지는 것인지 모르겠습니다.

여전히 나는 사람을 보는 안목이 부족하면서

섣부르게 마음을 덜컥 내어 주는 바보입니다.

홀로 품는 그리움

그리운 사람을 떠올리면 곧바로 그 사람도 나를 그리워하는지에 대한 물음이 메아리처럼 돌아와 가슴에 박힌다.

그리움도 보고픔도 말을 해야 내게 닿는 것이지만 직접 듣지 못했다 하여 그 사람이 나를 그리워하지 않는다고 단정할 수는 없다. 영영 가슴속에 그리움을 품고 사는 사람도 있는 법이니까.

내가 그리움을 어렵게 꺼내듯 많은 사람도 다 익은 그리움을 마음속 서랍 깊숙한 곳에 두고 살아간다. 때로는 그리움을 가둬 두는 게 지금의 우리를 더 해치지 않는다고 생각하기 때문이다.

나를 빗금 친 세상 속에 살더라도 그저 매일 매 계절 그 사람이 건강하기를 바랄 뿐이다.

다시는 소중함을 놓치지 않기를

그때 당신은 분명 사랑을 했지만, 그 마음을 다루는데 많이 서툴렀을 것입니다. 심하게는 상대로부터 사랑의 깊이나 진실성까지 의심받았을 수도 있죠. 그러면 분명 억울할 것입니다. 난 분명 사랑을 한 건데 상대방으로부터 '날 힘들게만 했던 사람', '집착만 했던 사람', '부담스러웠던 사람', '한없이 무심한 사람', '이기적인 사람'으로 기억된다는 건 매우 슬픈 일이니까요.

그래서 다시 만나기 어려울 만큼 좋은 사람을 잃었을지도 모릅니다. 그 사람의 소중함을 충분히 알아차릴 수 있을 때, 건강한 사랑을 줄 수 있을 때 당신 앞에 나타나게 해 줬다면 참 고마운 일이지만 운명은 잔인하게도 순서를 가리지 않고 좋은 사람을 우리에게 보내 줍니다. 큰맘 먹고 내게 보내 줬는데 그 가치를 알아차리지 못하면 가차 없이 거두어 가는 것이죠.

이후에야 존재감이 각인된 그 사람을 잊어 보려 다른 사람들도 만나 보고 여러모로 분명 더 낫다 싶은 사람과 연애도 해 보지만, 오히려 그 사람 생각만 더욱 커졌던 불행도 느껴 봤을 것입니다.

하지만 일생에 몇 번 만나기 어려운 정도의 사람으로부터 사랑을 받아 봤다면 다시 그만큼 좋은 사람과 만날 가능성도 충분히 있습니다. 이미 당신이 좋은 사람으로부터 사랑을 받았다는 매력적인 증거가 있으니까요. 다만 과거 겪었던 실수를 반복하지 않기를, 다시는 소중한 사람을 놓치지 말기를 바랍니다. 꼭 그럴 수 있길 기원할게요.

진심을 다했기에 돌아보지 않는 사람들

헌신하며 사랑할 줄 아는 사람일수록

이별하고서 예전 사람에게 돌아가지 않습니다.

상대가 이별 후에 어떤 마음을 가다듬었든

그동안 자신이 선택한 사랑에 책임과 최선을 다했고

미련 없이 마음을 줬기 때문입니다.

그래서 후회도 남지 않습니다.

그 마음을 당연하게 생각하고 그저 받기만 한 사람은

잃고 난 후에 많은 걸 깨달아서 잡아 보려 하지만

쉽게 잡히지 않을 것입니다.

사랑할 때의 그 사람과

오늘의 그 사람은 완전히 다른 사람일 테니까요.

예쁜 웃음이 좋아서 끌렸던 사람.

내가 더 이상

그 웃음을 짓게 할 수 없다는 걸 깨달았을 때

먼저 손을 놓아야 했습니다.

차라리

혹시라도 원치 않는 자국이 될까 봐
펼쳐진 당신을 꼭꼭 눌러서 읽지 않았던 나는,
차라리 그때 당신 곳곳에 지저분하게 밑줄이라도 그어
영영 기억됐어야 했다고 후회하는 나는.

머물러야 할 때와 떠나야 할 때

내가 많이 사랑해서 놓지 못하겠다면
잠시 느슨했던 마음을 가다듬고서 계속 머물러야 하고
상대가 나를 많이 사랑해서 냉정하기 어렵다면
오히려 아낌없는 사랑을 받아야 마땅할 그 사람을 위해
몸을 일으켜 떠나 줘야 할 것입니다.

내가 필요한 날에 있어 주지 못해서 미안해

적어도 나만은 알아줘야 했던 마음을 몰라줘서 미안해

오랫동안 혼자 앓게 해서 미안해

쉽게 사과하고 끝낼 일을 크게 만들어서 미안해

그리고 괜한 자존심 내세워서 미안해

많이 웃어 주지 못해서 미안해

다른 데서 생긴 부정적인 감정을 네 앞에서 티 내서 미안해

칭찬을 안에만 담아 두고 표현하지 못해서 미안해

네가 좋아하는 것들을 함께해 주지 않아서 미안해

내게 줬던 따뜻한 마음을 초라하게 돌려줘서 미안해

사랑이 변하더라도

사랑을 '소유'라고 생각하지 않은 나는 '기한을 정하지 않은 임대'로 여겼다. 너를 위해 비워 둔 마음이 넓고 따뜻하게 준비되어 있으니 기존에 머물던 곳을 벗어나 이 안에서 살아보지 않겠느냐고 권유하는 것을 흔히 사랑을 시작할 때 하는 '고백'이라 정의하고 싶다.

그렇다면 그 사랑이 변한다는 건 처음에 내준 공간이 점점 황폐해지고 줄어들며, 푸른 들판은 자갈밭이 되고 이리저리 꽃이 시드는 걸 뻔히 알면서도 주인이 돌보지 않는 것이다. 없던 울타리가 생겨서 경계를 만들고 곳곳을 밝힌 다채로운 색은 빛을 잃는다. 둘 사이에 계속 공급되던 무언가가 줄고 있다는 신호였다. 끝이 보이지 않던 상대 마음은 어느새 사방을 둘러싼 작은 방이 되었다. 그쯤 되면 더는 내줄 마음이 없다며 임대인이 일방적으로 퇴거 통보를 하거나 들어왔던 사람이 눈치껏 알아서 나가야 했다.

괜찮지 않아도 괜찮은 표정을 지으며 살아야 한다. 입맛이 없지만, 뭐라도 입에 넣고서 씹고 삼켜야 한다. 직장에는 어김없이 늦지 않게 출근하고, 수험 생활 중이라면 울면서라도 의자에 엉덩이를 붙여 계획한 공부량을 채워야 한다. 사랑은 두 사람의 일이지만 이별은 개인의 일이니까. 그렇기에 이별로 크게 무너지는 건 자신에게 혹독한 결과로 돌아온다. 일부러 망가지는 모습을 보여 주며 동정을 바라는 어리석은 행동은 자해가 될 뿐이다.

너는 나 없이도 잘 살 테니까, 내가 없어야 더 잘 살 테니까 이제 나만 위하면 된다는 마음으로 살아야지. 늘 묶여 있던 이름을 분리하는 게 쉽지 않지만 익숙해져야 한다. 낯설어지는 과정이 필요하다. 나는 여전하다는 말에도 사랑이 변했다는 네 마지막 모습처럼.

악연

惡緣

다시는 마주치지 말자.

우리 얽인 추억도, 내 이름도

입 밖으로 내지 않기를 바란다.

누군가에겐 후회로 가득한 시간일 테니.

사랑을 정리하는 건 나의 일이라서

너는 알아주지 않아도 괜찮다.

다시는 우연이라도 스치지 말자.

사랑이라면서 내 편이 아닌 사람

사랑이라면서

내 편이 아니라 벽처럼 느껴지는 사람이 있다.

자신의 가치관이나 살아온 방식만 옳다 여겨서

상대방을 한심하다는 듯 대하고

때로는 가르치려 들기도 한다.

문제는 우리가 한 사람을 많이 좋아하면

상대방이 만들어 놓은 틀 안에

제 발로 기어이 수그리고 들어가곤 한다는 것이다.

나 역시 그 안에 들어가는 것이

사랑하는 사람에게 맞춰 주는 것이라

착각했던 적이 있었다.

내가 조금 못난 사람이 되더라도

상대방이 바라는 모습이 되어 보려고 했다.

그 사랑 안에선 내게 운전대가 없었다.

믿고 싶은 대로 착각했던 날들

분명 그 무심함 속에는 어떤 불씨가 살아 있을 거라고 믿고 싶었습니다. 호의를 거절하지 않는 사람, 우유부단한 태도. 가끔 차갑진 않으나 미지근하게 흐르는 모습이 탐탁지는 않았지만 뜨거움으로 가는 단계에 있는 게 아닐까 기대하곤 했습니다. 싫으면 싫다고 했겠지, 귀찮으면 지금까지 관계가 이어지지도 않았을 거라고 자기 최면을 걸면서.

착각이었습니다. 사실 모르고 있지는 않았습니다. 가끔 마주하는 차가움을 못 본 척 덮어 버리고 오히려 냉정한 현실을 내가 오해한 거라고 스스로 설득하기도 했습니다. 사실 그대로를 이성적으로 받아들이게 되면 우린 여기서 끝이어야 맞는 거니까요.

내가 바라던 자리에 그 사람이 온 적은 없습니다. 애써 내가 옮겨다가 놓았을 뿐, 그 사람은 그 자리에 있을 생각이 없었습니다.

사랑에 서툰 사람도 누군가를 많이 좋아하게 되면

그 마음이 어떤 모양으로든 상대에게 증명됩니다.

노력도 표현도 하지 않는 사람을 두고

애정은 있는데 단지 무심한 성향이라고

애써 감싸 보려는 건 내가 더 좋아하는 마음에

불편한 현실을 부정하려는 것입니다.

언젠가 아무것도 아닌 날이 올 거야

목표에 맞는 의지가 이어지면 시간이 걸리더라도 언젠가는 이루어지더라. 도중에 넘어지고 방향을 잃어 왔던 길로 돌아 걸을 때도 있겠지. 겨우 참아 온 그리움과 미련을 엎질러 상대에게 들킬 날도 있을 거고.

그럴 때는 좌절하지 말고 현실을 직시하자. 예전에는 아름다웠지만 이제 남남이어야 하는 두 사람을, 절대 좁혀지지 않았던 차이들. 그래서 생긴 균열로 심히 불행했던 밤을 떠올려 보자. 그러면 다시 냉정해질 수 있지 않을까.

그럴 수 있다면 비록 그 사람이 과거 네 전부였다 하더라도 더는 너를 흔들 수 없을 거야. 네가 말하는 대로, 의지하는 대로 정리될 거야. 지금은 아득히 멀게 느껴져도 꼭 그런 날이 올 거야.

다시 사랑이 온다면

나는 네가 이별 전에 사랑하던 모습이 참 보기 좋더라.
애정을 나눌 사람을 찾았다는 자체도 축하할 일이었지만
이전보다 활기차고 웃음이 부쩍 늘어난 게 느껴져서.

여전히 많이 힘들지? 좋았던 만큼 아플지도 모르겠다.
사람을 믿기 어려울 때는 누구도 믿지 않아도 좋아.
사랑에 실패하고 다시 사랑하지 않겠다고 다짐해도 괜찮아.

대신 다음에 다시 사랑이 온다면
애써 밀어내지 말고 누구보다 예쁘게 사랑하기를 바랄게.
사랑할 때 네 모습이 가장 너다워 보여.

✳

마치며

'만약'이라는 단어 뒤에 따라오는 가정들을 좋아하지 않지만, 가끔 상상해 볼 때가 있습니다. 만약 친구에게 힘을 준답시고 했던 시답잖은 말들을 하지 않았다면, 만약 오늘의 내가 할아버지께서 사고당하기 전으로 돌아가 운전을 말릴 수 있었다면, 만약 돌아오지 않을 기회들을 더 간절하게 아꼈다면. 만약에, 만약에, 만약에⋯.

만약 글을 쓰지 않았다면 어떻게 지냈을지 내 모습을 상상해 봅니다. 다른 방식으로도 나쁘지 않게 살았겠지만, 그동안 글에 담았던 수많은 감정을 어디에 다른 형태로 표출하고 살았을지 궁금합니다. 희로애락을 나눈답시고 주변 사람들을 얼마나 귀찮게 했을까 싶기도 합니다.

저는 결국 돌고 돌아 우연한 기회로 글을 쓰게 됐을 겁니다. 사람은 자신을 스치는 수많은 일 중에서 특별히 마음 가는 일에 멈춰 서기 마련이라 믿기 때문입니다. 사랑하는 사람에게 편지를 쓰든 무언가를 되돌아보는 감상을 기록하든, 그 시간 속에서 다른 행위에서는 느낄 수 없는 즐거움을 느꼈을 것입니다. 그렇게 상상을 가미해도 포기하지 않았을 거라 확신하는 글쓰기의 역사는 과연 잔잔했을까요?

어떤 일을 좋아하는 것과 그 일을 수월하게 잘한다는 게 반드시 비례하지 않는다는 건 누구나 알 만한 사실입니다. 좋아하는 감정과 꼭 비례하는 것은 실력 이전에 욕심입니다. 더 나은 글을 쓰고 싶다는 욕심은 점점 커지지만 다 쓴 글을 보고 마음에 들지 않을 때는 이상과의 격차만큼 어두워졌습니다. 그런 날이 길어지면서 몇 달간 한 문장조차 적지 않기도 했습니다.

이 책에 담긴 원고들은 앞서 말한 욕심에 무너지기도 하고 이겨 내기도 하며 어렵게 완성했습니다. 마음이 크게 휘

청거릴 때 잡아 준 주변 사람들과 독자분들 덕분입니다. 저조차도 제 글을 못마땅해하고 의심할 때 저를 바로잡아 줬습니다.

앞으로도 '글을 쓰는 사람'이라 저를 소개할 수 있게 해 준 분들께 무한한 감사를 전하며 이 책을 마무리합니다.

당신은 행복할 수밖에 없는 사람

1판 1쇄 인쇄 2024년 06월 03일
1판 1쇄 발행 2024년 06월 10일

지 은 이 달 밑

발 행 인 정영욱
편집총괄 정해나
편 집 박소정
디 자 인 차유진

펴낸곳 (주)부크럼
전 화 070-5138-9971~3 (도서기획제작팀)
홈페이지 www.bookrum.co.kr
이메일 editor@bookrum.co.kr
인스타그램 @bookrum.official
블로그 blog.naver.com/s2mfairy
포스트 post.naver.com/s2mfairy

ⓒ 달밑, 2024
ISBN 979-11-6214-500-5 (03800)